U0055628

喜歡你的日子像海

蘇乙笙

獻給我的愛人與傷疤
大海和遠岸

[目 錄 Contents]

Chapter 1 等 待

——所有愛和病都擁有潛伏期，每一次的甦醒，我都在想念你，梅雨季不停。

Chapter 2 練 習

——數不清這是第幾次失去，熬過漫長的黑夜就會光明，我忘記我生活在谷底，每一次燃燒都將我殆盡。

Chapter 3 和 好

——月亮裂開了，但是破碎的光芒點亮了整個宇宙，好像看見自己和你，沒有悲傷和憂愁。

Chapter 4 共 生

——我想和你共度餘生，還有我自己。

Chapter 1

等待

所有愛和病都擁有潛伏期，

每一次的甦醒，我都在想念你，梅雨季不停。

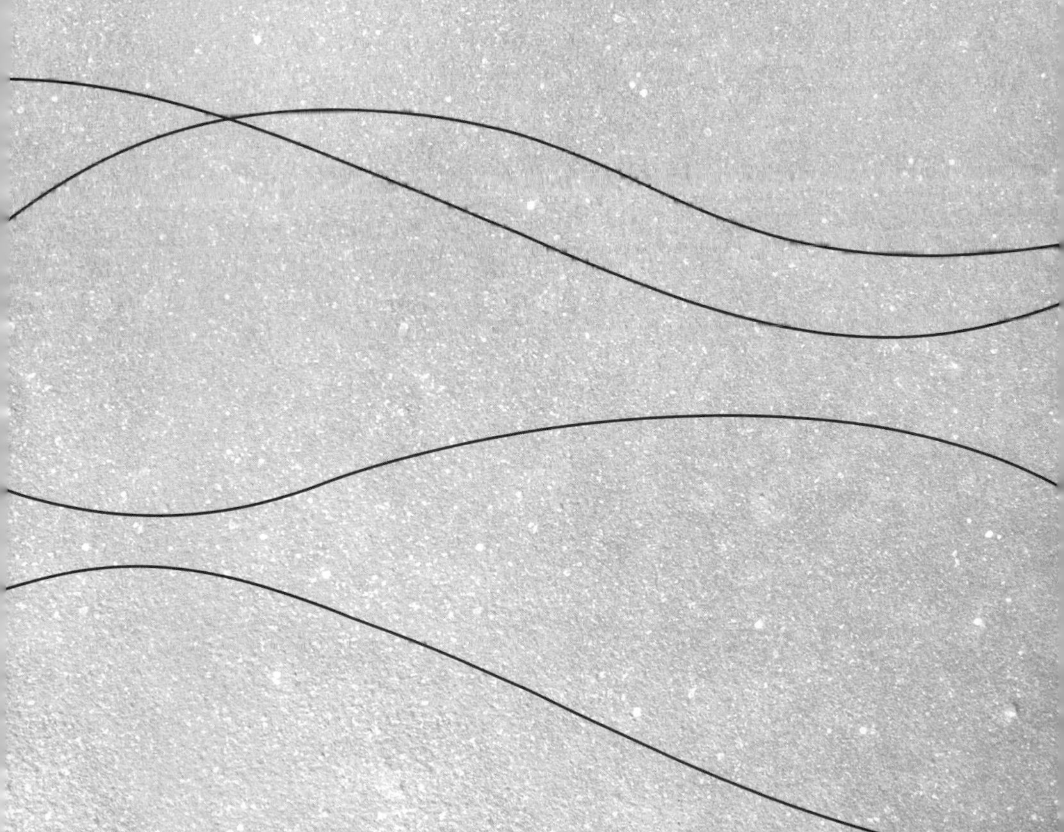

最接近黎明的死亡

——「我的心臟只為一個人跳動，也只為一個人靜止，那是最庸俗老派卻複雜無比的浪漫。」

今天是八月十一日，氣象報告說會是個好天氣，我也那麼期待陽臺上那盆新買的風信子能被熱烈歡迎加入我單身的第一百天，可惜陽光沒有如願地賞個臉為我祝福。
我的風信子，你來的真不是時候，如同他走的也不是時候。

剛從美髮院走出來，全身肌膚就沾染上空氣中溼冷的悶熱感，比蝸牛的黏液還要令人作嘔，也比浴室的瓦斯味還要令人窒息。絲絲縷縷的雨水像是薄霧似的籠罩住這座多情的城市，路邊的小水窪泛起點點漣漪，像是在為這場雨歌頌美妙旋律，但聽起來又多了幾分綿綿哀愁，落在屋簷上的雨珠也配合地伴奏著吧噠吧噠的聲響，每一滴的落下都不再輕盈，卻恰好熨貼在我本是惆悵的心尖。
怎麼聽起來也有點像你時常哼起的旋律，竟那麼熟悉。

我想雨也不大，待會就會停歇，所以掛在手腕上的傘並沒撐起。因為我知道，並不是所有圓潤都能頑固地頂住滔天的悲歡。
至少我知道我和他不能，那個我曾深愛過的男人。他像臺北的雨一樣捉摸不透，又少了雨後的一碧如洗。他很多情，某種程度上是複雜的浪漫，他是我的世紀難題，也是我的萬劫不復。

我很迷信，所以一分手，我就把他愛的那頭烏黑長髮給剪了，留了一頭俐落的短髮，不少人稱讚我的新造型像極了桂綸鎂，那麼的氣質出眾，可他們不知道我更喜歡的是《惡作劇之吻》裡的林依晨。但是至少這樣，我就可以多一個理由說服自己這才是他不愛我的真正原因，因為我不再是他的長髮公主了，他也不再需要來到我的城堡外盼望我了，我想這是對彼此最後的寬容。
如果這一刀能輕易地將我和他之間的牽掛給斷清，從此我也能在我的城堡自封為王，不再迎接誰的等待。

後來有很多事情你或許都不知道。像是我已經不會再刻意繞道回家，走需要多耗上十分鐘路途的大馬路，為了和你多相依偎的時光，每次我都把腳步放得很慢很慢，有時候也為了這種刻意而心虛。但你也從來不知道，畢竟和你在一起時我總有很多小心思和秘密，那是唯一不能與你分享的。

現在我獨自走那條沒有路燈照明的小巷，有時候皎潔月光就是唯一的光亮，經過許多別人隨意丟棄的垃圾袋，經過斑駁的牆面和散落一地的寶特瓶，我就能到達我的家。雖然孤身一人是有點害怕，但總比懷念你好，我再也不用這麼費心地去記得你說過的話。

有時候我也在想，那些被打包回收的垃圾是不是就真的那麼一文不值呢？那個被丟棄的洋娃娃，明明還四肢健全、完好如初，跟我小時候總是拆解凌亂的樣子不一樣，只要我把它重新組裝，送給總是用雪亮眼睛盯著我瞧的小表妹，她肯定也會歡喜至極。誰的舊愛，就能成為下一個人的新歡，而她也永遠不會知道這曾是個被遺棄的洋娃娃。
被不要的、丟掉的、毫無遺憾的，了無牽掛。

有時候我根本不明白，是什麼讓我們之間變得這麼潦草而生疏？每一天的清醒，都夾雜著那些無處傾洩的淚跡，你也不再是我喜孜孜想昭告天下的美夢，甚至有時候比我嚐到街角那間五十元的美味滷肉飯還要不值一提。

告別的那天我們委婉地說只是不適合，但我們都知道，實際上就是不愛了。
那些看起來遺憾的表情，現在說來多諷刺，但這是分開時的體面，我們要慎重地把這個儀式給完成。我們客套地向彼此祝福，聽起來卻比便利商店制式的謝謝惠顧還不悅耳，還要裝作情意深厚、依依不捨，好像是世界殘忍地把我們分離，它是十惡不赦的罪犯，但事實是，你才是不要我的壞蛋。

我也不是那種裝作可憐兮兮來挽留你的乖巧女人，在你面前我從不扮演這樣的角色，所以縱使我有千般不捨、萬般難忘，我也絕不奢求你留一個吻來滋潤我、填滿我。

我的孤寂我要自己負責，不要戳破那些美麗的虛假諾言，也不要試著辜負我們往昔的動容溫存，我的難堪我要自己承擔，請你不要成為我的藥，不要溶解在我身體裡嘲笑這腐敗的愛情，你知道你一輩子也不會成為我這副爛身體的解藥，更不會是我靈魂釋放的出口。
你是這輩子的深淵，或許你也能是下輩子的救贖。

我們倆不相欠，我們好聚好散，你還可以是我日復一日的早晨，只是少了曬在棉被上的溫熱，但那就好了，我記得我們愛過。

你本來就沒有那麼深刻，你也不必以為自己有多偉大，能占據我的整個心房，能覆蓋我的整個宇宙。
你沒有。

你也不是我每天輾轉難眠的原因、不是我早餐不再配麥片的理由，更不是我寫這篇日記的主角。
我只是在紀念自己分手後的一百天。
但算一算，每一段都是有關於你。

我要怎麼騙自己才合適？
後來我看見的每一個人都像你，但他們都不是你。

說實話，我也是捨不得留了三年的長髮。
說實話，我也是不喜歡城堡只有我一人。

如果說你是這輩子最接近黎明的死亡，愛是我的加速墜落，那麼我寫的每一封遺書都不再有意義，因為都紀念不了你的美麗。

牙膏和牙刷

——「我會代替你記得我的習慣，比如牙膏和牙杯，比如我和你。」

1

「妳就是我的海。有水喝的時候妳是無害的美景，渴的時候，妳是無邊的絕望。」——蕭詒徽《一千七百種靠近》

2

我把演唱會門票弄丟了。
當下第一個反應是，要是你生氣了怎麼辦？

這是我們第一次一起看演唱會，而且那是你最喜歡的歌手，我們熬了一整個夜晚才好不容易搶到手的門票，居然因為我的粗心大意而化為烏有。
你一定會很失望的，說不定你就此不愛我了。最近見面的時候我變得不多話，你也察覺到我的異常，但我還是對你保持著一如往常的笑容，儘管那看起來會有些難看。心中的罪惡和愧疚在心底蔓延，漸漸要吞噬我所有一切，我連見你的臉都沒有了。

今天是我們約好要一起看演唱會的日子，你揮著手向我跑來，神采飛揚的樣子，我看你滿臉期待的表情，更不忍對你說出實話，但已經瞞不下去了。

「我把演唱會的門票弄丟了。」
我把頭壓得低低的，或許看不見你的落寞我就會減輕一點愧疚，但我怎麼會有這麼自私的想法呢。
「頭抬起來吧。」我聽見你溫潤的聲音，大手覆在我的頭上。
「我可以在外面等你。」

這是我想到最好的彌補辦法了。我抬起頭，看見你從口袋把那張你珍貴不已的門票在我面前揉成一團毫無價值的零分考卷般的紙團。我有些錯愕地看著你，但你沒有絲毫的遲疑，只是莞爾一笑：「沒有妳好像也沒意義了。」

我其實想跟你說可以不用這樣的，你可以怪我、可以罵我，破壞了你夢寐以求的一場演唱會，可是你並沒有，我眼眶一熱，眼淚剎那就要落下。

「別哭了，正好我今天想吃頓大餐，上次那家火鍋讓我念念不忘，多虧了妳，我們去吃大餐吧。」

你拉著我的手跑。那天晚上我們沒看成的演唱會，在那家擁擠的小火鍋店裡度過了。你唱著那位歌手的新歌，說你才是我的巨星，我的Superman，我迎合著為你拍手鼓掌。

是啊，你才是我的巨星，我的Superman。

3

七年了，我們的愛情長跑了七年，有時候連我都覺得不可思議，我和一個斯文靦腆的男孩，談了一場七年的戀愛。

說實在，我曾經向月老許願，讓我有幸遇見一個陽光活潑的男孩，談一場轟轟烈烈的戀愛，卻不知道怎麼地，喜歡上了一個連告白都顯得笨拙、走路也會撞到電線桿的男孩，談了一場平淡如水的戀愛。

你問我後悔嗎？是有幾個夜晚，會羨慕朋友去巴黎約會、在艾菲爾鐵塔下合照，而我卻和他在公園玩仙女棒，拍了幾張被煙火模糊了臉的照片，但我們笑得很知足；也是有幾個夜晚，會突然想起誰的男朋友包場了陽明山上的餐廳，只為了讓她賞一夜的美景，而我的男朋友卻帶我到他家種著各式各樣花草的頂樓，我們被蚊子咬了好幾個包，最後因為下雨也沒看成北斗七星，我坐在他的大腿上，和他聊著整夜的星座和明天的晚餐，聊到他雙腿發麻了也不敢動作，只為了讓我舒適。

你問我後悔嗎？或許缺少了一些生活的激情、一些流行的浪漫，但我不後悔，我喜歡和他簡單平凡卻難忘的日常。

他是我的牙膏，不是我的玫瑰花。
他是我的日復一日，不是我的有效限期。

4

兩個人相處在一起，總是會有許多生活習慣的摩擦和價值觀的差異，我一直認為找一個和自己相似的人，就能省去大半相處的麻煩，但遇見他之後我才發現我錯了。

其實很多時候，是我的習慣不好，我不該洗完手就把手上的水滴往四處甩，噴得滿地都是；也是我不應該睡覺時把手機放在枕邊，只為了醒來時方便第一個觸碰到它，而忘記一天的開始有更多美好的事情。

其實很多時候，是我的價值觀需要重新調整，我不該每個月把薪水花到見底才來愁下個月的電話費、水費、網路費，而是如他一樣每個月規劃錢的流向；我也不應該一休假就只想著找周公下棋，或是熬夜未眠追一部連續劇，而是和他一樣為自己打理生活，有時間去爬山和慢跑，去曬曬太陽。

我有許多需要改變的地方，他也有，但我更多。

他是我的燈泡，不是我的課本。
他是我人生的導師，不是我一成不變的規範。

5

保持一段戀情的新鮮期、白頭偕老的秘訣是什麼？

我不知道，因為這段七年的戀情，我和他最後以分手告終。
我以為遇上一個比星辰大海還美好的人，就能無憂無慮地過完這一生。我以為愛是免死金牌，以為你是抽屜深處的存摺印章，以為我是衣櫃裡永不退流行的T-shirt和牛仔褲，也以為你是陰天的傘，我是晴天的花。

可是愛情不是這樣的，不是你特意補習勤練就能搞懂的數學公式，也不是那些看了醫生就能治療好的身體器官，更不是偶像劇裡你總是能一眼看穿結局的老掉牙劇情，全都不是。但你問我是什麼，我也無法回答。
這時候我必須承認，我們都是傻瓜。

我不想知道誰跟誰的星座合不合適，但我卻看遍了所有星座書上的速配指數；我不想知道我們未來有沒有機會重逢，但我卻算遍了整條街的塔羅牌店；我不想知道我們是不是對的時間對的人，但我想和你共度此生，無怨無悔。

我只想知道你會不會回來呢？

在我們告別的時候，我都不相信我們是真的告別了。然後我們各自回家，浴室裡的毛巾我學會整齊摺好了、換下來的衣服扔在洗衣袋了、碗裡的飯一粒不剩地吃乾抹淨了。有時候我還會想，要是我不乖一點，你會不會回來罵我呢？我嘗試一次一次地回到自己從前的淩亂，但你也沒有回來，你不會回來。
更可怕的是我發現我已經不習慣我的淩亂，我的壞習慣。

所以呢？我們真的告別了嗎？我們結束了嗎？我們不再愛了嗎？

我不知道啊。
我不知道是哪個環節出了錯。是我冰箱裡的牛奶又放過期了嗎？還是我廚房的洗碗精又忘記買了？是我堅持要換掉沙發前的卡其色地毯嗎？還是我又忘記幫你買今天的報紙？是我在床上偷吃餅乾掉了餅乾屑嗎？還是我把枕頭套換成了你不喜歡的粉紅色？
我不知道、我不知道、我不知道。

那到底你為什麼離開我了呢？
好像每天回家前都對這個空盪盪的家呼喊一百次你的名字，打開門，你都不會和我說，歡迎回家。

媽媽說，愛是日常，愛是牙膏和牙刷。
是習慣，也是依賴，是我對你日復一日的想念，是賴以為生的氧氣。

原諒我總是吝嗇說愛，我以為有些事情就算不開口說，也不會在日子中漸漸消逝殆盡。
原諒我一向腸胃不好，消化不了你的海誓山盟；原諒我一向不懂禮貌，對我們的告別裝聾作啞。

6

我想過很多浪漫的愛情，無數的華麗而精采的場景，都不比你燦爛無比。

我不問十年後的我們去了哪裡，有沒有驚天動地的愛情，我只在乎我們頂上滿樹花開，陽光明媚的時節，滿地的思念遍野，我身旁坐的是你。

如果你笑著問我那些世界上關於永恆的問題，我會和你說，我願意。

7

今天是我們第七百六十五天不見面，這數字本該沒有意義。
你的婚禮我去不了，哪怕這是我們最後能擁有的牽連，但我更清楚這是年華最後的句點。

我想過披上純白色的婚紗，畫上典雅的妝，配上溫柔的笑。我也想過挽著的手，我的新郎是你，我想過我們一起去挑好吃的喜餅，我們一起策畫婚禮的場地，或許我能在臺上唱首歌，或許你能為我彈首鋼琴，我想過我丟出去的捧花，是你最好的朋友接到，他能見證我們的幸福，他也能為我們的幸福做延續，那有多好呢，我們不是天生一對嗎？
你的新娘不是我。
我最後會嫁給一個禿頭、一個有錢人、一個傻小子，都與你無關。

我不是你的新娘。
所有的靠近，都抵達不了你。

從我看你揚長而去，到現在只是一扇門的距離，我卻不敢委屈自己在你面前佯裝大方。我說自己不愛你了，是太沉重的謊言，我們不再談論親密和疏離，是因為我們再也無關係。

沒為什麼，人本來就會本能性地迴避對自己不利的。
你是我的不利，你是我的不能再信仰的神，我也應該被懲罰。

我轉身，我留下了成全，下輩子我便不再做撲向你的飛蛾。

8

你是沙漠裡的露珠，才溶化炎熱的冰涼。
你是洗衣機的旋轉，才讓世界暈眩。
你是魚缸的靈魂，才讓我賴以生存。

你是我心中的汪洋大海，我的眼淚才不被輕易看見。

9

你還記得我嗎？
如果我停止想念你，你就會停止想念我嗎？
不，因為這問句的主詞要是倒過來，答案是否定。

10

愛是日常，愛是牙膏和牙刷。
對不起，我更認為——愛是無法平息，愛是冒險和遲疑，愛是練習失去。

我知道
世界上每個人都可以
照顧得了我
卻不是每個人都能
把我照顧好

短髮愛人

——「妳告訴我，這世界什麼可以、什麼不可以？如果這些都是人們規定的。那麼，我們為什麼不能成為自己的規矩？我不過是要我的世界有妳。」

1

她好漂亮，你相信嗎？

她笑起來會露出可愛的兩顆虎牙，嘴角旁還有兩道小小的梨渦，那像極了童年和我一起堆沙堡的小女孩，總是天真爛漫，又惹人憐惜。她留著一頭俐落短髮，從背後看上去總是被懷疑是個小男孩，但那只是為了晚上能更快吹乾頭髮。她不喜歡穿制服裙，好幾次她都和我抱怨裙子既醜又不方便，簡直是女性的天敵，世界上怎麼會有這種發明呢？她更希望自己有資格能大搖大擺的穿著制服褲，還不用閃躲教官的眼光。

嗯，雖然從小我就喜歡穿小洋裝，也喜歡這間學校的制服裙，但被她這麼一說，頓時我也覺得穿褲子真好看。
她好漂亮。她什麼都適合。

2

放學時，她總會問我一句：「要一起回家嗎？」然後我只要順著點點頭，她就會親暱地勾上我的右手臂，蜻蜓點水地吻我的右臉頰，興高采烈地牽著我往教室外奔。這一切都發生得自然，好比她常常說她愛我、說她想念我，聽起來就如同她和我分享她的早餐午餐晚餐一樣正常。

她會幫我抹去嘴角殘留的那粒米飯，再送進自己的嘴裡，笑得天真無邪。在班裡，要是我被其他男生捉弄，她就會為我伸張正義，把我摟在懷裡，說那些臭男生都不能靠近我。交換日記裡，我們每天都會留下一句想對對方說的話，她會每天都用Google翻譯寫下一句連她自己也看不懂的語言，意思全都是我愛妳。

她是我最特別的朋友。沒有人會懷疑我們兩個之間的關係，是超乎友誼，還是停滯在他們想像的規範裡。
即使我沒有談過戀愛，但我能很清楚地感覺自己的心跳是這麼鏗鏘有力，每當她靠近我，她的香味散發在我的脖頸間，我都會迷戀不已。

我好喜歡她，可是為什麼，放眼望去，都沒有像我們一樣的人呢？這是個男生和女生才能相愛的世界嗎？難道我們這樣就是不可以的嗎？
沒有什麼不可以的，我想問問她，妳說，這不是什麼不可以的，我們只是相愛，我們本來就只是相愛而已，不是嗎？

3

我已經三天沒有見到她了。

我去問了班導師，班導師說是她家裡為她請假了，可是我知道她身體很強壯，我們分開的前一天晚上，她還是活蹦亂跳的，還和我約定好明天放學要一起去巷口的那間小吃攤吃她最喜歡的牛肉麵。
我打了好幾通電話都是轉至語音信箱，傳送訊息也沒有標示已讀，我到處都找不到她，這讓我感到十分灰心。原本，每天醒來的動力就是能在學校裡見到她，而如今見不到她，許多事情都沒有了意義。牆上那已經壞掉的時鐘，秒針停擺的每一秒都像是對我殘酷至極的折磨。
我想念她的笑容、她的聲音、她的活潑，她的一切都縈繞在我腦中，無法散去。

就這樣渾渾噩噩地過了一個星期，我接到一通電話，對方聲稱是她的母親，劈頭就對我罵了許多不堪入耳的話語，她說我是怪物、說我帶壞了她的女兒、說我不應該生存在這個世界上……她說了好多好多，我的心像是被針扎著，久久難以呼吸，儘管雙手不停顫抖，我也不敢將電話給掛掉，因為我聽見她在電話的那頭聲嘶力竭地阻止她的母親辱罵我。她是這麼努力地想保護我，想保護她所深愛的人。

我總是以為活在痛苦裡的只有我，承擔的也是，然而這些日子，她肯定也不好受。

正是因為這通來自地獄的電話，讓我明白了，這幾個日子以來她生活在什麼樣的處境下，她想捍衛她的自由、她的愛，卻被社會無情的剝奪、被眾人唾棄和不理解。她的母親不願意讓她接近我，甚至想讓她離我越遠越好、越遠越好。
難道只因為我們都是女生嗎？因為性別，所以愛變成罪該萬死的藉口嗎？

我們只是相愛，為什麼不可以呢？
我好想用力地改變這個社會的規矩，好想親口聽他們說，沒有什麼不可以。

4

我沒有再見到那個我愛的女孩。她轉學了。
她什麼都來不及留給我。那些紙條、那件她討厭的制服裙、那本她最喜歡的漫畫，她什麼都沒留給我。
但她永遠是我心裡最美麗的女孩，比我心裡所有秘密都還動聽，她是我最不捨的記憶，是貫穿我的青春的符號，她代表了所有愛情。

每當我想起妳，我感覺自己正幸福著。
我再也找不到第二個像妳這樣的女孩，這麼聰明、多才多藝、乖巧，有時候還有點鬼靈精怪。我也不確定妳還會不會想念我，在哪個多愁善感的午後，妳可能會想起有一個這麼珍惜過妳的我。

想起有一個已經不再是友情的朋友。

我親愛的女孩。
我不知道，世界是什麼規矩，但我知道，愛就是一切真理。

斷刺的玫瑰少年

——「斷刺的玫瑰，才有缺憾的美，那是懂得珍惜的人才明白的珍貴。」

1

隔壁的男孩不喜歡笑，可是他笑起來好好看。

我不是個外向的人，剛來到這個班級，難免會有些陌生害怕，於是我選擇沉默寡言。我不像新生群組裡那個健談開朗的女孩，她不怕生、她愛笑，她的頭貼是陽光和海洋，竟都不比她亮眼。她就像是每個班級裡都會存在的開心果，所有人都會圍繞著，以她為中心點旋轉。她可以和所有人成為朋友，她會擁有好多份的愛，她注定是所有人眼裡的聚光燈，與我不同。

我很羨慕她，可是我更慶幸，隔壁的男孩，他的世界和我一樣。
她無限靠近所有人。但唯獨我，無限靠近他。

2

中午的時候，班導師請好幾個同學到教室外，他一連喊了五個名字，包括我，除此之外的每一個名字對我而言都很陌生。

不，其中一個是例外，我知道他的名字，他的考卷上有寫。

班導師說，我們幾個要找時間去一趟輔導室，如果可以，大家相約一起去也可以，當作是認識新朋友，然而導師並沒有解釋為什麼我們要去輔導室，看著他有口難言的樣子，我能猜想大概與新生定向的測驗有關聯，那上面所有負面的問題，我都選了最極致的答案，包括試圖自殺。
站在這邊的每個人，想必是測驗結果不如老師們理想的「正常」。雖然沒有人把話說白，但是我們彼此心照不宣，會不會心想著當時作答時是不是不該這麼誠實的？

他也是嗎？
班導師講話的時候，他總是很專注地看著說話的人，可是後來，他的頭漸漸低了下去，像是在回憶什麼。

交代完事項，班導師就離開了。然後其中一個矮矮的男生向著我開口，問我要不要明天放學一起去輔導室，我考慮了一下，露出不失禮貌的微笑，回答他，我今天自己會先過去。
我的目光落在他的身上，他機靈地發現了，於是我很快地又迴避了視線，故作鎮定地將每個人都掃射一次。不是只有他。

「好啊。」

一聲簡短有力的回答又吸引了我的注意，是那個男孩，原來那個詢問我的同學也同樣問了他。

他的聲音真好聽。

3

放學時間，我故意比所有人都遲了一步離開，緩慢地收拾著背包，但裡頭明明只有一本課本，而我隔壁的同學早就在鈴聲響起的那秒就飛奔衝出教室，她從上課時就心不在焉地想著她將要錯過的那班公車。
照理來說，平常的我應該和她一樣，注意著接近整點的時針，只為了離開這無聊又乏味的教室，我應該期待的是烏龍麵、咖哩飯、牛排或是炒飯，而不是坐在我前方的他。

他在位子上漫不經心地滑手機，像在等待那位同學主動來邀請他一起離開這裡，好讓氣氛不尷尬。教室的人越來越少，只剩下我們三個，最後我們一起走出教室，他們兩個男生主動說要幫忙關燈鎖門，還說如果我很急的話可以先回家。
但他們並不知道，我根本不趕時間，否則我就不會在這留到最後一刻走。和他一起。

他們說要去輔導室，我知道這是個好機會，因為我昨天已經去過了，他們接著就會問我路該怎麼走。果不其然，當我回應「我帶你們去」後，他們露出了遇見救世主的笑容。

那個矮矮的男生很愛聊天，一路上他都熱絡地問我們問題。但與其說是聊天，我想他更怕的是尷尬，聽說他是從外縣市上來的學生，可能想迅速結交新朋友，所以十分熱情。

一直到輔導室門口，他才主動對我說話：「妳要先回家嗎？」
我笑了笑，也不知道該說好還不好，我想留下來和他相處，但又怕這樣太過刻意，可是要是現在就離開了，我也沒有回家的心情。幸好聽到問句的輔導室老師及時出面緩頰，說我可以坐在一旁的沙發等他們。
我知道他也只是擔心我一個女孩子太晚回家，於是我向他說，如果時間晚了我會自己先離開。

二十分鐘後，他們從小房間內出來，對於我的陪伴真誠道謝。之後我們一起離開學校，那位熱情的同學已經先和我們告別，因為他的租屋處就在學校附近，剩下要一起走到捷運站的他。

他似乎很努力地想要找話題來緩解我們之間窒息的氣氛，而我也不是那麼給人難堪，所以我比平常還要努力地和他進行交流。天知道這對不擅長談話的我而言是多麼困難。
我們搭不同方向的捷運，我知道他家和我家有一段距離，可是他仍然體貼地問我需不需要陪我一起回家，我拒絕了，畢竟還是要一步一步、循序漸進地靠近他。

我很肯定的是，他和一般的男孩不一樣。

4

一直覺得我的位子選得太好了，如此靠近他，在他的後方，還能觀察他正在做什麼，雖然這樣說起來是有點變態。

他很安靜，和一般的男生不一樣，他不喜歡運動，上課的時候比任何人都認真，每當我在他抄寫筆記跟他借立可帶時，他總是會害羞地先摘下他的黑框眼鏡，再側過頭把立可帶遞給我，會小心地不碰觸到我的手，目光也不會看著我，等他回正，他才會重新把眼鏡戴回，好確認我不會看見他戴眼鏡的模樣。
於是我問他，為什麼不讓我看見他戴眼鏡的模樣？他說，他覺得太醜了。
我又問他，為什麼總是不看著我和我講話？他說，他一看見我就會感到害羞，滿臉通紅。

頭一次我會感覺到一個男生這麼忸怩、害羞，甚至是可愛。
這男孩真是有趣，我心想，並下定決心，一定要和他成為好朋友。
或……更進一步的關係。

5

自從我們交換了LINE，開始會沒日沒夜地聊天，他也漸漸跟我熱絡了起來。說真的，他在通訊軟體聊天時完全不是害羞的性格，有時候還會對我甜言蜜語一番，讓我好幾次不禁懷疑他的害羞是不是佯裝出來的。

除了發現他是慢熟的人，還發現了他的思想比同年齡人還要成熟許多，他體貼、溫柔、善解人意，聰明而且細心，所有女生具備的優點，在他身上一點也不突兀地存在著，讓人深深喜歡。
他和我所有遇過的男生不同，我開始慢慢好奇，這個男孩究竟經歷過什麼呢？

那天下午，他問我要不要留下來陪他一起聊天，我點了點頭，因為他看起來非常需要我。我們坐在教室外的木椅，我還刻意與他保持了一點距離，這樣我才能看清他臉上所有的表情。他先是清清喉嚨，然後斂下他長長的睫毛，好像卸下一身盔甲，用他最柔軟的一面和我傾訴：他家裡發生的點滴、他的初戀、他的悲傷……一字不漏地交付予我，只告訴我。
我安靜地聽完，沒有發表我的感想，也沒有提出任何疑問。此刻，我不知道除了擁抱，我還能給他什麼，我能給這個脆弱卻堅強的男孩一點什麼。

更該說是，我不知道他需要什麼。他的心裡沒有住著任何人，愛過的人、珍重的人，都選擇離他遠去。他是個很努力的孩子，但他的努力沒有被認可，沒有被呵護，沒有被記得。為了伸手抓住屬於他的太陽，他拚了命地在命運的長廊上奔跑，但終究只握住了破碎的陽光。他的腳步卻越來越緩慢、越來越遲疑，連他自己都不知道能去哪裡，哪個地方能擁抱遍體鱗傷的他。他的陽光並沒有照亮他。

他的母親離開他了，他再也見不到她了。
他很愛他的母親，當他說起她，他漂亮的眼睛就像靜謐的藍寶石，閃爍著五彩繽紛的光，他連眨眼都必須小心翼翼，深怕一不小心就會成為迷失的銀河。
他的眼裡是天寒地凍，但藏著春暖花開。連這般模樣，都教我屏息。

我想起每次當我提起我的家人，他都會沉默，隨後露出一個逞強的笑容，他笑起來很好看，但那笑容卻令我如此心碎，那時的我還不明白。他的身體裡不該存放這麼多悲傷因子，他要和所有錦繡年華的孩子一樣，享受青春的揮霍和爛漫，他的世界應該明媚花開，他不能是個不被祝福的孩子，他的靈魂該被深愛著——可是偏偏，他卻遭遇生命艱澀的難題，一個人孤立無援。

我沒有辦法想像，失去親人的苦痛，那肯定是撕心裂肺都不足形容。
如果我能再為他種下一百零一棵櫻花樹，也不會是他在樹下守候許久的那棵。他曾見過它壯大而美麗的盛開，那無以復加的感動，和慢慢凋零的悲泣，都是我不能懂的。
所以我只能擁抱他。我只能擁抱他。

我只能這麼對他說。
如果沒有人能接住你的泫然欲泣，那你來我身旁，我會聽你的故事，沉醉在你心裡那片寧靜的湖畔，我也會唱首搖籃曲，把紅塵都化作歷史，不讓你在歲月中隨風飄蕩，我會親手把月光和鳥鳴送到你的面前，祝福你美好的一天，你也不必在梧桐樹下數著落葉的墜落，因為每一片落下的思念都會盛開成飛舞的蝴蝶。

你的未來是美好的，請你一定要相信。
斷刺的玫瑰，才有缺憾的美，那是懂得珍惜的人才明白的珍貴。

6

我們在一起了，他比從前還要樂觀許多，他的側臉寫的不再是迷惘的憂傷，他也不再為曾經瘦下的心臟而悲泣，他溫厚的嗓音裡多了一份堅定與柔和，他眼裡的藍寶石成為價值連城的寶藏，這大概是我唯一能替他驕傲的。

後來我問他，為什麼人海茫茫，最終會決定喜歡我？
他說所有的相遇都是注定，如果世界上真的存在著不期而遇，那麼我就是他人生中唯一一場最動人的意外，我是被派來眷顧他的天使。在這樣的時機，他遇上了他懂得要珍惜的人。

我們相逢了，我們明白世事有許多不忍，我們明白每分每秒都有人正在經歷著悲歡離合，也明白滄海會帶走記憶，但願從苦難中走來的我們，會更懂得赤裸真實的去擁抱所愛之人，並珍惜緣分送給自己的未完待續。

如果啊，世界真的存在永恆，能不能讓我見一見，一次也好。
我想告訴我的少年——人間還值得你奮不顧身地愛一回。

7

我的少年，雖然世界使你尖銳，讓你武裝成帶刺的玫瑰，但我明白你隱晦的溫柔，我願意耐心觸碰你的刺，用愛來柔軟它，如果你願意讓我為你摘除敏感細膩的每條神經，我會還給你不凡的美麗。
我的少年，我也希望任何人愛你，不是因為你的面貌，而是你的靈魂有比黑夜更明亮的溫柔。

我的少年，如果你不是為萬物而生的美麗，那就是為了迎接我而生的奇蹟。

世界這麼大
能有一個溫柔的你與我相伴
已是最好的時光

恆是不誠實的恆

——「你不要原諒我，我早已沒有愛，所以不在乎你口中的永恆，更不會在意你今後會成為誰的天長地久。」

1

是你挾持了我，讓我的顏面都充滿你的故事，還相信這是你給的恩賜。
我一塌糊塗地相信為你自甘墮落是我的宿命。愛你亦是。

你是永恆，你是極致，你是我這一生纏綿的詩。

2

這樣愛你好可怕。
我曾經想過該把你藏在冰箱、衣櫃，還是保險箱，我不要把你跟世界共享，你是我一個人的寶藏。
我不要你是眾目睽睽的輝煌，你只要為我而美麗，我只要為你而生。

你不該像歌謠一樣傳統，或像古樹一樣老成；你也不該像煙雨那麼迷濛，或像淤泥一樣潮溼。你可以風情萬種，但那應該只是為我。

我不希望你是高價販售的奢侈品，被陳列在櫥窗裡任人選購；我不希望你是絕無僅有的稀世畫作，被千年傳頌。你可以無與倫比，但那應該只是為我。

愛是免費的泥土和雨，所以過度浪費也不痛不癢，相信愛的真諦便能貪婪地予取予求。
和善良和平共處的不是我。

只有我能極致地愛你，極致地相信永恆是你。

3

所有萌生的想法都是邪惡的，被眾人唾棄，連我也不能認同我自己，我的大腦卻允許。

每一次，我看到如此乾淨樸實的你，沒有任何塵埃和沙土能沾染你的純粹，都讓我相信你是仙境來的天使，你不該像其他臉孔一樣平庸，你應該要成為盛夏和光年——或是極光和銀河。

你不應該屬於任何一個世代，不該和我這般乏味又無為的人作伴。你的光會灼燒我的翅膀，你的溫暖會吞噬我的寒冷，你的寡言會放大我的吵雜。我的一切都會成為你的悲劇，只要在我身旁，就等不到落幕的時分，你注定會留下來和我大哭一場，用力地消耗殆盡後繼續孤單地活。

你如果美麗，我的愛就會變質，我以為我是在羨慕你，其實只是在嫉妒你。
我要你和我一樣。
我要你的光芒變成凜冽的寒風、我要你的和平變成殘酷的殺戮、我要你的繁盛變成燃燒的貧瘠。

這樣，我們就可以一起毫無差別地死在這個秋冬。
所有人都會以為我們是因為相愛而殉情，然而我們是因為背離而殆盡。

4

我曾經愛過一個男人，但是他已經死在我心裡的寒冬。他覺得愛我是件可悲又丟臉的事。
我多麼希望罪惡可以帶我去地獄，讓我享受噁心的果實，讓我吐出所有醜陋和腐敗。請給我一個惡名昭彰的罪名，不要給我以日為年的無期徒刑。

讓我孤立無援，讓我自生自滅。
讓我成為無人祝福的自焚，誰也不能燃燒我。

5

我的宇宙已經被你占為己有。
你不用攻城掠地，我已經為你毫無保留。

6

你聽過好聽的安慰是什麼？

有個人曾經誇我，他說我活得像人。
他說我溫柔、說我懂事、說我漂亮、也說我是絕無僅有。
要我怎麼忍心告訴他，那些都是在愛面前的假象，是我每天特意早起兩個小時精心裝扮的皮囊。

如果你足夠勇敢地連我的靈魂都愛著，我才會相信你是紛紛起舞的花瓣和楓葉，是我家種植的昂貴蘭花，而不是我每一次落淚都在墜落的殘渣。

我希望你不會發現我下巴長了一顆難看的痘痘，你不會在意我聲線不是每次面對你的高八度那麼甜美，你也不會討厭我有一身容易腐壞的軀殼。我不是永恆的，那麼你會不會對我失望透頂。

我希望你會。
這樣我才更能確定，不會有任何一個人愛這樣的我。

7

再沒有人會給我安慰和誇獎，只給了我鄙夷和厭惡。
於是我總是誤以為，害死我的兇手都是你們，而不是我失控的靈魂。

所謂天長地久是給誰的情話呢？誰又會害怕無法甦醒的明天呢？
——被愛的人才會在意永恆。

我們不能相愛嗎

——「我們能不能相愛地不慌不忙、不離不棄，連離開也是。」

1

你是我雨後潮溼的記憶，帶著刺鼻的霉味。
你也是我淋溼的布鞋，從襪子浸入肌膚，既悶熱又溼黏。

我買了一臺除溼機，我以為這樣能烘乾所有與你相關的記憶，但並不然，你是一年四季從未停歇的雨季，讓我的狼狽無處遁形。每當這時候我就開始檢討自己不能因為喜歡木質地板就忽略了其他生活條件的重要性，就像喜歡你時總是能忽略你大小缺點。我也忘記這裡既不通風，又容易潮溼，採光也不好，沒有你就不見光，我的嗅覺被占據，就連視覺也是。
這樣看上去華麗無比，實質醜陋難堪。

2

我總是會想這樣到底好不好？你也有過喜歡一個人，喜歡到就連認清自己是盲目追隨也義無反顧的時候吧？

身邊如果有這種朋友，身為旁觀者的我，一定想盡方法使她醍醐灌頂，陪她通宵咒罵整夜也好、檢討她的單純也好，還是軟硬兼施地規勸也好，我知道那不是個好的坑，就不會讓她往裡跳，不會讓她深陷其中還無法自拔。
我曾經信誓旦旦這麼說的，但我發現，大錯特錯的人是我，清醒的說不定是她。

沒有人能說明為什麼愛能讓人前仆後繼、傷透腦筋，卻還甘之如飴。

3

如果我知道擁有會失去，那我寧可忍受得不到的搔癢難耐，也不要嘗盡失去的撕心裂肺。
太遲了，我們經歷愛，也不懂愛。

4

我很想問，我們可以相愛嗎？

兩個人要怎麼樣可以相愛呢？我上網GOOGLE了數百次，整個瀏覽紀錄都關於你，我的一切都被你填滿著，變得鼓鼓的、脹脹的，有時候難以呼吸，有時候又暗自欣喜。

其實我一直都不知道，找答案是這麼難的事情。國小時只要有看不懂的生字注音，翻開木椅下的漢字辭典，對一對第一個注音符號，再算一算筆劃，翻一翻就能找到解答；國中時要是算不出一元一次方程式，只要去補習班問助教或者數學老師，代入X值，耐心地解，就能知道答案為何；高中時要是暗戀一個男生，只要問身邊感情經驗豐富的朋友就能一步步吸引他的注意、慢慢攻掠他的心；大學時堆積如山的報告和研究，忙得焦頭爛額時，和組員們一起分工合作、熬過幾個辛勞的夜晚，很多困難都能迎刃而解。
小時候媽媽也教過我，什麼可以、什麼不行、什麼是對的、什麼是錯的、什麼該懂、什麼不該懂……但就是沒有教會我怎麼愛人。

我可以問誰，我可以愛你嗎？像我喜歡滿天星一樣，我就會把它和我愛的多肉植物擺在一塊，儘管我家人並不喜歡。
我可以問誰，我們可以相愛嗎？那前提是不是你要先愛我？

見不到你時我有滿腹的心思和憂愁，但見到你時就完全治癒了，只做個會傻笑的孩子。
你說，你是不是才是一切問題的答案。

5

當我們終於相愛時，所有人都說我們不適合，可是什麼才是適合？

他們說我們家庭背景相差太多，你從小養尊處優，含著金湯匙，身邊有名媛貴族做青梅竹馬，我只有和我一起在田野奔跑的野孩子；

你出門時有司機接送，我要騎那輛裝有菜籃的高齡腳踏車；你家有花園和泳池，我家只有垃圾和噪音；你的衣櫃裡有不計其數的名牌衣物，而我只有菜市場特價的T-Shirt。

他們說我們學歷差太多，你一路讀著明星學校，有著別人欽羨的一張漂亮成績單，畢業後還赴美讀研究所，而我花了好長的時間，無數個失眠又煎熬的夜晚，才好不容易重考上自己喜歡的藝術學校，在班裡還是個吊車尾。

他們說我們的價值觀差太多，你長大的環境告訴你，賺錢後還要懂得投資，用錢滾錢，我父母卻只告訴我，當我有多的一張百元鈔票或是十元硬幣，要捐給那些需要幫助的偏鄉孩童、捐給社會機構，儘管我們不富有，但世界永遠有更多等待幫助的人。

他們說我們的興趣差太多，你喜歡每個禮拜邀約各個親朋好友去不同的城市旅行，喜歡參加各種聚會場合，但我只喜歡一個人在家看陳舊又深奧的美國影集，有時候安靜地在檯燈下看書，有時候用顏料畫出想像中的新郎和新娘。

他們說我們的口味差太多，你喜歡美國頂級肋眼菲力牛排，要不就是日本A5宮崎和牛，一頓都要上千元，而我只喜歡去夜市買串烤香腸和臭豆腐。你喜歡吃抹著花生醬的烤吐司、喜歡吃龍蝦干貝鮑魚和海膽，有時候還喜孜孜想和我分享，但你忘記我對花生和海鮮過敏。

他們說我們不適合，像是你是樹上的蘋果，我只是在地上的草莓；像是你是天空的飛鳥，我只是海裡的鯨；像是你是昂貴的飛機，我只是廉價的腳踏車。
你有天空中絢爛精采的煙火，而我只有雜貨店買的十元仙女棒。
我永遠都是在你身後看著你的背影，望塵莫及。

你說什麼是不適合？難道這樣我們就不能相愛嗎？

6

在愛面前，或許我們總是盲目而偏執，我們被一個人強烈的費洛蒙吸引，他的氣味是迷藥，他的聲音比天籟還動聽，他長得比小時候最喜歡的男藝人還好看，他舉手投足都是魅力，他說出的話十句有十一句都是對的。
世界有世界的規矩，但他才是一切的真理。

他喜歡什麼模樣，你就為了他改變人設。你明明很愛哭，但你知道他討厭無理取鬧的女生，於是你把委屈都吞進肚裡，用一夜又一夜輾轉反側的夜晚來安慰自己，可你知道眼淚從不能灌溉你枯竭的心。

你原本規劃好的規矩和道理，遇見了他，全都不按牌理。只要他欣喜，你願意自己掏心掏肺、願意赴湯蹈火，你願意用你的努力去換他的一個笑容。儘管你知道有些努力或許只是徒勞無功，你也知道或許有時候你的付出他根本不以為然。

他傷害了你，你會說沒關係，但是你的言不由衷還能和誰訴說？你從來就無法釋懷他每一次的理直氣壯，卻安慰自己時間可以雲淡風輕。但面對他時你只敢小心翼翼，像捧著價值連城的寶貝，自己可以摔得傷痕累累，唯獨它不行，你就是這麼寶貝他。

你知道這樣不公平，可又無可奈何，你愛他，你就讓他有了驚天動地的權力。你看著他的肆無忌憚讓這份愛漸漸在分崩離析，你只能束手無策。他一天一天地在摧毀你用心良苦打造的專屬城堡，你卻體諒他只是疲倦，他需要的是沉默的陪伴。你可以不吵不鬧，只要他在身邊就好，但會不會你的善解人意只是多餘的自我安慰？你明明知道自己活該，你卻甘願承擔。

你知道自己在愛裡有多卑微，但奈何你愛他。
那些他猝不及防的殘忍，他的冷漠，他的無情，他的善變，他的遲疑，無疑都是你最致命的戕害，只因他心上是你最柔軟的地方。

大家說你為了愛醉生夢死，你是他愛情的傀儡，也是他遊戲的小丑。每個人都說你應該清醒，你應該堅強，你不應該為了他的虛情假意而一次一次沉淪，你要明白飛蛾撲火的疼，你要知道體無完膚的苦，你要為自己保留一點最後的尊嚴。

但你已經賠上了青春，你知道放棄又談何容易，偏執會讓你受更大的傷，你的信心也慢慢地被時光磨蝕殆盡。哪怕所有人都不看好你、所有人都不相信你，用盡最後的骨氣，你也要證明你可以，愛是比牙齒還要不屈不撓。可是你知道嗎？牙疼了還有醫生可以治，愛卻是海市蜃樓。有時候它可以很長壽，有時候可以很短命，有時候它可以漫長得像是地平線，有時候它也可以短暫得像是霓虹。
若真要說每個人的愛有什麼共通性，就是誰都無法主宰它。

已經過去好久了，現在想起來還會悲傷吧，還會心疼吧，有時候或許也會難忘吧。

那滴眼淚落在早餐店的白吐司上，可能已經被當成廚餘一起打包掉了，現在說不定在哪臺垃圾車裡，被帶去更遠更遠的地方了，然後蒸發在遙不可及的雲層上，和所有人的心事一起在天邊相互依偎。
你如果看見那顆最明亮的星星，說不定就是我曾經遺失的心。

因為一直看著心愛的人，所以總是忘記照顧自己。
分開後的第一百二十七天，我才發現鏡子裡的自己面容多麼憔悴。
我打開抽屜裡塵封已久的日記本，一千多頁的空白，是用無數年華也填補不了的缺，就連握筆的姿勢都顯得格外生疏，像我對愛人也無比生疏。我該用什麼來開始句點後的第一頁，什麼詞彙都不對，因為都已再與你無關。

那又怎麼辦呢？那些痛徹心扉的夜晚，用眼淚蒸發的心事，你都不知道吧。但是知道了又能如何呢？就像現在的我，還是學不會什麼是長大。

我們接受命運將我們帶到更遠的地方，那裡是沙漠還是海洋，那裡有星星還是仙人掌，那裡會不會有和你一樣的人，或是我會再對誰說著同樣的話，這些可能都不重要，但未知的迷惘、心上的傷疤，都不會因此而減少，我也不會，這樣就過得更心安。

7

日子是照舊的，太陽升起的方位也是，或許我藏起來的悲傷也是，那些散落滿地的遺憾和思念，再也不會被拿出來赤裸地紀念或緬懷。
我很輕很輕地在這裡，偷偷把對你想說的話給說完，才發現就算我文思泉湧、我下筆如神，都無法用千言萬語道盡一生。

這大概也是為什麼，沒有人能說明為什麼愛能讓人前仆後繼、傷透腦筋，卻還甘之如飴。

親愛的，我花了太多時間在愛你，後來也花了太多時間在不愛你。

我花了太多時間在愛你——
後來也花了太多時間在不愛你——

新房客

——「你總要容許我搬出你的生活。我們強求了幾年，還是留不住流年。最後我們都會慢慢地被世界掏空，回歸一無所有。」

1

寒風刺骨的冬天，我穿著厚重的羽絨外套，獨自來到臺北唸書。這大概是我這一生中最瘋狂的一次叛逆，不顧家人的反對，選擇來到一個陌生城市生活。

我住的地方是一個僅有五坪大的小房間。頂著一頭蓬鬆毛髮的房東太太熱情得像是把我當成了自家女兒看待，更準確地說，應該是把我當成她的準媳婦。

住進這邊的三十七天裡，她每天都會和我說要介紹她兒子給我做男朋友。連我帶回家一起做報告的男性組員，她都擺著一張臭臉寫滿不歡迎。她是這麼喜歡我，連房租都替我打了折，每天邀請我到對面住家和他們一起共進晚餐。

在物價房價都特別高的臺北裡，能擁有這樣的待遇絕對是一件值得開心的好事。

雖然還是有些困擾，畢竟她兒子不是我喜歡的類型。

他也燙了一頭金色的捲毛，看起來像一隻溫馴的黃金獵犬，所以私底下我都稱呼他叫「金毛」。總懷疑是他的母親對捲毛有特殊喜愛，別說她兒子了，連我都留著一頭波浪捲髮。
撇除他的髮型不談，那是現在流行奶油小生的造型。他其實長得還挺好看的。

站在我身旁的他總是高我足足一顆頭，他是貨真價實的一八五，我必須吃力地抬起頭才能和他相望。但我絕對不承認是我太矮，我知道他和房東太太稱呼我的時候都叫我「一五四」，聽起來像極了帶著貶意和嘲笑的暱稱。所以我很討厭他。

儘管他長得好看、頭腦好、身高高，還有一個太過樂天的媽媽，他們家甚至養了一隻我最喜歡的柴犬，我也不會喜歡瞧不起我一五四的男人。我要讓他知道，矮個子也是有尊嚴的。

我不會喜歡他。

2

又來了。
每次只要數完三十二階樓梯，我就會看見他。

「我媽把家門鎖了，我背包裡的鑰匙又被她偷拿走了。」

「說過幾次了，自己想辦法。」

不用你說我也知道。我看著他聳肩也無可奈何的模樣，深深地嘆口氣。
這個戲碼已經重演數十次了，目的就是要讓我們有更多的接觸機會。房東太太肯定也知道他的兒子是個冷漠孤僻的無聊男，難怪長得再好看也沒有女朋友，所以總是想把我們湊成對。

一想到我就打了個冷顫，我就是房東太太處心積慮預謀要和金毛一起陪葬的犧牲品。然而每一次都在她計畫裡毫無偏差地發展著。

我要打破這種可怕的發展。

「你也別找我，我是花錢租下這裡的，不然你付我房租。」
「我會叫我媽這個月少收妳五百。」
「我要是真的在乎那五百，就直接順她的意和你在一起了，她說不定半分錢都不和我收。」
「我印象中每個月的房租還是調降過吧？妳沒來我家吃飯的時候，都是自己吃泡麵，我沒說錯吧？」
「五百，成交。」

房東太太的兒子也是個狠角色。

他逕自席地而坐，從背包拿出好幾本堪比百科全書的厚重書本，戴上耳機，安靜地讀起他的書。
他的身後是繁星點綴的夜色，但竟不比他更吸引我的目光。

當然我也不遜色，於是也假裝認真地讀起手裡的微積分，但數字亂七八糟地在我的腦袋裡不停旋轉。自暴自棄地闔上書本，轉頭看了一眼金毛，他明明讀著比我難懂好幾百倍的碩士論文，卻一副神態自若的模樣，我羞愧地把微積分藏到枕頭底下。

然後，他默默地開口了。

「等下來我家吃飯吧，我媽會很開心的。」
我還來不及應聲，他接著說：「省錢也用不著每天都吃泡麵，那不健康。」

3

房東太太是真的很開心，熱情地端出六七道家常菜，還和我說這都是她兒子喜歡的菜色，像是在暗示我要牢記於心。
她的五官訴說著她的興高采烈，膨脹得像快爆炸的爆米花。
想必是見我和金毛一起回家。這簡直是連我都覺得不可思議的一件事，我竟這麼莫名其妙地答應了金毛。

三雙碗筷、三份相同的沉默，是房東太太率先開了口。她問我最近是不是很忙，總是看不見我的身影，還叮囑我千萬要照顧好自己的身體，臺北的早晚溫差很大。我只是點頭笑著，不好意思說是我刻意在逃避她的晚餐邀約。

金毛是房東太太唯一的家人，她的丈夫在金毛三歲的時候死於車禍。

然而這件事並沒有讓房東太太陷入萬劫不復的悲傷中，她依然樂觀地和她唯一的兒子相依為命生活，並獨自拉拔他長大。

我一直都覺得房東太太是個偉大又堅強的母親，金毛也是個孝順又懂事的孩子。雖然他悶騷慢熱，不擅表達情感，孤僻又不喜歡和人交際，但是房東太太時常和我說，金毛總是默默地在幫助她、分擔她的辛勞，所以她才能安心地做一個無憂無慮的母親。

每一次，房東太太都是充滿笑容地和我訴說她的喜怒哀樂，就像是讀著一本又一本的故事書，她把我當成親密的家人，什麼事情都與我分享。

但我知道她也不過是一個平凡的母親，她失去了她的丈夫、她的心上人，她的日子肯定也不是那麼美滿而豐碩。再怎麼堅強的女人，都需要愛滋養她的靈魂。

今天房東太太說的是金毛小時候的糗事。

小時候的金毛就十分認真，他勤奮好學的程度連老師都傷透了腦筋，總是希望他可以敞開心胸和其他小朋友們一起玩，而不是成天與書堆為伍。

我也隨著房東太太樂呵呵地笑著，而金毛悶不吭聲地吃著快要冷掉的飯菜，彷彿這些故事都與他無關。

房東太太說著說著，突然感性了起來，這頓晚餐也漸漸變得沉重。

她說金毛從小就不需要她多加費心，他總是會照顧好自己。以前她總是擔心身為母親的她欠缺兒子一份家庭的愛，他會因為孤單而走樣學壞，可是金毛反而安慰了她的擔心，他獨立、堅強，並且乖巧聽話。
她其實很遺憾，金毛從小到大的畢業典禮她一次都沒有參加過，除了因為早晚兼職三份工，更大部分是因為，她害怕她的兒子要面對外界不斷詢問他父親沒有出現的事情，那是提醒了年幼的他並沒有父親，她寧願要他的孩子告訴大家他的家人都忙著上班，這樣充滿好奇心的孩子們自然就會明白，而不再追問太多。

金毛打斷了房東太太的沉默，他摸了摸口袋，然後遞給房東太太一個看起來十分厚實的紅包袋，對她說了一聲新年快樂。
我差點忘了現在還是新年。前陣子家人問我會不會回家過年，但因為忙著學校裡大大小小的報告，所以最後還是選擇留在了臺北，而拒絕了他們。

沒想到最後是跟房東太太和金毛一起過。

我看房東太太不好意思地看了我一眼，然後婉拒了金毛的好意，把紅包袋又推回他的面前。
我能明白房東太太是覺得自己虧欠兒子的太多，因此不捨得和他索取任何物質需求。但我更理解作為一個孩子想要孝順父母的心情，所以我出聲為金毛打圓場，笑嘻嘻地說：「房東太太妳就收下吧，一年只有一次，我們就開開心心地過呀。等等我去買些妳愛的啤酒和蛋糕，我們一起慶祝好不好？」

房東太太聽了我這一席話，礙於面子還是收下紅包。她點頭，小心翼翼地收進口袋中，像是玉石一樣珍貴，她十分寶貝。因為那代表了兒子的愛。

後來，我和金毛兩個人一起去便利商店買了三瓶啤酒。
回家的路上我們都沒有向彼此搭話，比風還要寧靜飄渺。他的影子在忽明忽暗的路燈下被拉得斜長，他反覆吁出的霧氣都迷失在空氣中，所以我聽不見他的寂寞。
我本來想要開口說些什麼安慰他，沒想到他搶快了一步說話：「這個給妳，新年快樂。」

我怔在原地，不曉得該不該收下他的紅包，他卻先自作主張地替我收下，把手覆在我之上，像是害怕我會鬆開而拒絕他的心意。這是我們第一次的肌膚接觸。

「別再吃泡麵了，多愛自己一些，替我媽照顧好妳自己。」
「謝謝妳。妳來了之後，我媽變得開心很多，雖然我不喜歡她總是胡思亂想，想要把我們湊成對，但她因此有了一些有趣的樂子。一開始我和妳一樣很排斥她這麼做，也不理解她為什麼這麼做，但是我能明白。我明白，妳是個好女孩。」

我不敢看他的眼睛，我怕我會情不自禁地跌進去。
其實喜歡他，好像沒有我想像的這麼難。

4

後來，我們時常會相約週五的六點半，一起帶小白兔去河堤散步。
忘了說，小白兔是金毛以前領養回來的柴犬，現在已經五歲了，牠很貪吃，每次都會在我腳邊流口水，牠的口水實在很臭，可是牠很親人，我很喜歡牠。

以前我問過金毛，為什麼明明是隻狗，卻要把牠取名為小白兔？
金毛說，他高中時暗戀過一個女生，她的綽號就叫小白兔，因為她每天的午餐配菜總是紅蘿蔔。她是金毛第一個喜歡上的女生，到現在都沒有第二個。
她肯定視力很好吧，我笑著說。然後低著頭喃喃自語，還故意用他聽得見的音量說，被你這種人喜歡真倒楣。

然而我心裡在想的是，如果我以後養隻貓，我也要取名為「金毛」。

「但小白兔不倒楣啊，牠每天都吃很飽，也不用煩惱一堆研究報告或老教授的碎碎唸。」金毛蹲下身搓了搓小白兔的毛，然後笑著和牠說：「是吧？你每天都過很好。」
「還喜歡她嗎？」我小心地試探。
「沒有吧，高中的時候每天都很努力學習該怎麼追一個女生，三年裡她沒有給我一個確定的答案或眼神，所以後來就放棄了。」
「沒想到你也有不會的事情，不過學霸果真是學霸，一邊讀書還有辦法追女生。」我笑著調侃他。

金毛也揚起笑容，站了起身，低下頭看著我。良久後便說：「女生是比微積分還難懂的生物啊。」

他肯定看到那時候的我，把微積分藏在枕頭下了。

我沒有反駁，因為我也認同金毛所說的。一直到大學三年級，我都沒有交到超過十個同性好朋友。
我其實還有很多想要問他的事情，想要更瞭解眼前的男生一點。我想要知道他為什麼總是用右手牽繩，為什麼他笑起來時牙齒這麼白皙，為什麼他會和我說，小白兔特別喜歡我。

我想要知道的更多一些。

「金毛，你叫什麼名字？」這是我第一次在他面前喊我幫他起的綽號，他毫無詫異的反應，像是早就知道我總是在私底下這麼叫他，並且給我一點通融。
「我們認識三年了。」金毛挑了挑眉，視線落在黃昏的盡頭：「我知道妳叫林雲。」
「妤，我是叫林妤。」
「我叫丁澈。」他把視線轉回我的身上，他的眼睛真漂亮，聲音真好聽，連喊我不喜歡的名字都聽起來這麼順耳。「一五四，我們回家吧。」

我們相視而笑。

5

有些事情可能並不是這麼重要。
像是他未來會在哪裡發展前途、他喜歡穿什麼顏色的襯衫，還是他是左撇子卻用右手吃飯……那些對我而言都不重要。

那些是知道也毫無用處的虛無和流星。
我只要明白，我們注定不會是一體的。我們只是在同個地方曖昧不明地交會過，夜晚過後會是各自的墜落，然後我們在新的土地扎根新芽，將來為我們灌溉的不會是同個路人，也不是彼此。但我們生長同一片大地，我可以含糊不清地記得你。

那我就該笑著流淚。

6

今天是我搬離這間五坪小房間的日子。
再過一個小時後，房東太太會開車過來送我離開。
然後我就會告別房東太太、告別金毛、告別小白兔、也告別臺北。

我把牆上一張又一張的明信片小心翼翼的撕下，也一併把我的微積分、統計學連同我的化妝品一起裝箱。看著房門口整理好的一個紙箱和我帶上來臺北的行李箱，忽然覺得這四年我過得比想像還要更簡單，只要一個小時我就能把四年來的東西給收拾乾淨，甚至不費任何力氣。

關門前，我做了最後檢查。最後一個不該帶走的東西以及一張新照片，我將它們整齊地擺在桌上。
這裡是一間充滿溫度的房間，雖然狹小，但是應有盡有。

熟悉地數著三十二階的樓梯，這是我最後一次還能在心裡默念。
或許這樣我就能見到他。但是我沒有見到他。

我把該歸還的鑰匙交還給房東太太。一見面她便先給我一個用力的擁抱，她第一次笑得令我想哭。早在住進來的第一天，我就能預料到分別的時候她會很捨不得我，但是我沒有預料到，我竟也是這麼不捨得她。
還有他。

到上車之前，我一直心不在焉，向著他會出現的方向不停張望。
其實我一直都心知肚明他不會來，因為今天中午他有一個非常重要的報告。這是昨天他在河堤散步時告訴我的，他和我道歉，我掩飾失落卻笑得比銀河還要心碎，我拍了拍他的肩，還假裝大方地鼓勵他加油。

真的沒關係，畢竟他沒有義務要來為我送別。

房東太太的話打斷了我的思緒，她滿臉低落地問我：「現在就急著要走嗎？離發車的時間還提早了一個小時呢。」
我很想回答她說我可以留下來再陪伴妳一個小時，但我終究還是點頭，只要多了一秒，就會更難以忘記。「要走了，先到那邊等待比較保險。」

她沒有反駁，也沒有再挽留我。
她為我敞開了車門，而我上了車，沒有再回過一次頭。
因為不能回頭，我告訴自己，千萬不能回頭。

7

「對不起，阿澈那孩子從小就是這樣，現在既然連妳要離開了，他都沒有來送妳一程，回家我一定替妳好好訓他一頓。」
到了臺北車站，房東太太一邊替我從後車廂卸下行李箱，一邊對我說。然而我只能搖頭說沒關係，不能做其他表達。
畢竟再多的表達都是無用的傷心，擱淺過的魚不會再回到岸邊去。

我替她擦去眼淚，又一次地擁抱了她。我還會再回來臺北的，我也隨時歡迎她到我的家鄉。
然後我們告別了，我看著車子駛離，才轉過身走向車站。

二八、二九、三十、三十一……三十二。
還是沒有。

8

一路昏睡到臺南，一直到我被來電鈴聲驚醒，才恍然想起從上了房東太太的車後我就沒再看過一眼手機。
無數通母親的電話，但還有一個熟悉的號碼，和一則訊息……

那是後來的日子裡，每天晚上都在默念的號碼。

有時候人生便是這樣吧，錯過了便是錯過了，誰都不能再回頭索求命運再一次給予，於是我們都帶著遺憾和悲傷搭上不再回頭的列車，以後只剩下懷念可以溫暖自己。
時間給了你答案，離別就是答案。

下一站就到臺南了。

其實我好討厭臺北，因為那裡一年四季都在下雨，食物也沒有我家門口的麵攤美味可口，在那裡花的每一筆錢都是在消耗我的青春。但這些都不算什麼，比這些還要更為重要的是——那裡有我思念的人。

可是我們長大了，就沒有勇氣再一次義無反顧的叛逆。
所以我們接受錯過。

9

——妳在哪裡？我在路上了。妳站在原地等我，不要走。

你不知道離開前的一分一秒對我而言都是殘酷至極的折磨。我曾經有一絲的盼望，盼望還是能在人海中遇見朝思暮想的身影，但終究只是我的一廂情願。
我帶著無聲的失望，一如既往的傷心，沉默地離開了有你的城市。

就像我也永遠不會知道，你是用什麼樣的心情來見我。你焦急的樣子我從來沒有見過，在我面前，就算是最困難的數學你也總是從容不迫的做題。我的記憶裡你是這麼不慌不忙，好像整個世界都不會辜負你的期望，只有我會庸俗地亦步亦趨跟著世界的腳步走。

你怎麼能有把握，我不會是你一期一會的黎明前夕。
我不是每一次都會為你停留，也不是每一次都會卑微地答應你的請求。

所以假設我們都沒有意願改變命運的規則，我們就不會再重逢。

10

桌上那張相片，是我畢業時和你一起拍的合照，還有你給過我的紅包袋。裡頭的錢我一毛也沒有動，不過我很聽話，沒有辜負你的期望，你希望每一餐我都溫飽，希望我好好讀書，你說的話我都有做到。

你說你畢業時從來沒有和家人一起合照過，所以想要在我的畢業典禮完成自己的心願。但是你沒有給我更多線索，我會誤會你只是把我當作親密的家人，而不是喜歡的戀人。
你沒有再喊我一五四，和我講話的時候你會體貼的小幅度彎著身子，更靠近我，你說你覺得我很可愛，但是又羞紅著臉解釋是身高可愛。
你沒有再被偷走家裡鑰匙，後來還是一再出現在我家門口，我知道那是藉口，你只是擔心我沒有三餐溫飽，或是我的微積分沒有你教就不會做。

你希望我會回去，你希望我等你。
我知道我一直都聽話，可是這一次，我要辜負你的期望了。

11

房東太太還是會每週關心我。然而我再也不會逃避她的關心，即便她只是傳個無趣又乏味的長輩圖，我也會回她說聲早安。
或許有些人就是要保持適當距離才會產生思念，太安逸的日子我們都是各自的原地旋轉。

房東太太什麼都會告訴我，和往常一樣，彷彿我從來沒有離開過。

八月，房東太太說金毛終於願意陪她去KTV唱歌，這是她期待許久的事情。
九月，小兔子生了一場病，牠每天都看起來很虛弱，連牠最愛的牛肉風味飼料都食不下嚥，金毛每天都很難過地守在牠身旁。
十月，金毛生日，房東太太想要為他慶祝，可是他卻反常的失落，可能是因為課業上的不順利吧，房東太太解釋說。
十一月，有壞消息和好消息，好消息是小兔子終於病癒了，壞消息是金毛放棄了出國深造的機會。他說他有更重要的事情想要做，房東太太只能尊重他的決定。
十二月，房東太太說有個女生常常在他們家附近徘徊，聽說想要約金毛一起過聖誕夜，讓金毛很苦惱，小兔子也很苦惱，房東太太說那個女生沒有我漂亮。

不只是房東太太每個月都會和我分享生活點滴，他也是。
可是我從來沒有勇氣點開他的聊天視窗，說是膽小地在逃避也可以。

那是什麼意思呢？我不敢猜測他的心思，我怕我猜的全是錯的，就像每次期中考的微積分，運氣總是不會善待沒有用功準備的我。

忘了說，那個女生，就是他的初戀「小兔子」。

因為金毛傳來的未讀訊息有說過。那幾天我都忍耐著想回覆的衝動，想和他說，那是你的好機會，為什麼不好好把握。世界只會對你慷慨一次，錯過了就是後悔莫及。

但是我始終沒有說。

到底是我想要無謂地堅持住自己的冷漠，還是不希望他真的聽話照做。

不清楚在我心裡發酵的情愫是什麼。

這讓我無比難過，我一向自認很瞭解自己的。

二月，又將是一個新年了。

今年我已經二十三歲了，也有一份穩定的工作了，是不會再收到紅包了。

我不會再收到紅包了。

12

很多年後，我才得知房東太太沒有再將那間房子租給下一個房客。

可是自從我搬走後，多了一個新房客。

我什麼都知道，唯獨這件事是最後才聽說。就像潘朵拉的盒子，打開只有熏眼的刺痛，沒有甜美的果實，更沒有愛的寬厚。

後來是你站在原地等我，我們都不再問誰會走會留，因為你深信自己會是我的第二個家。
我沒有辦法否認，在臺北的日子我好想家，好幾次想回去我的家。
回到臺南後，我也好想家，好想回到那個有你的家。

但是我知道，下一個很多年後，我們都會有各自的新家。
然後你就必須把我掏空。

我們都會是乾淨的一無所有。

13

「不愛是一生的遺憾，愛是一生的磨難。」——張愛玲。

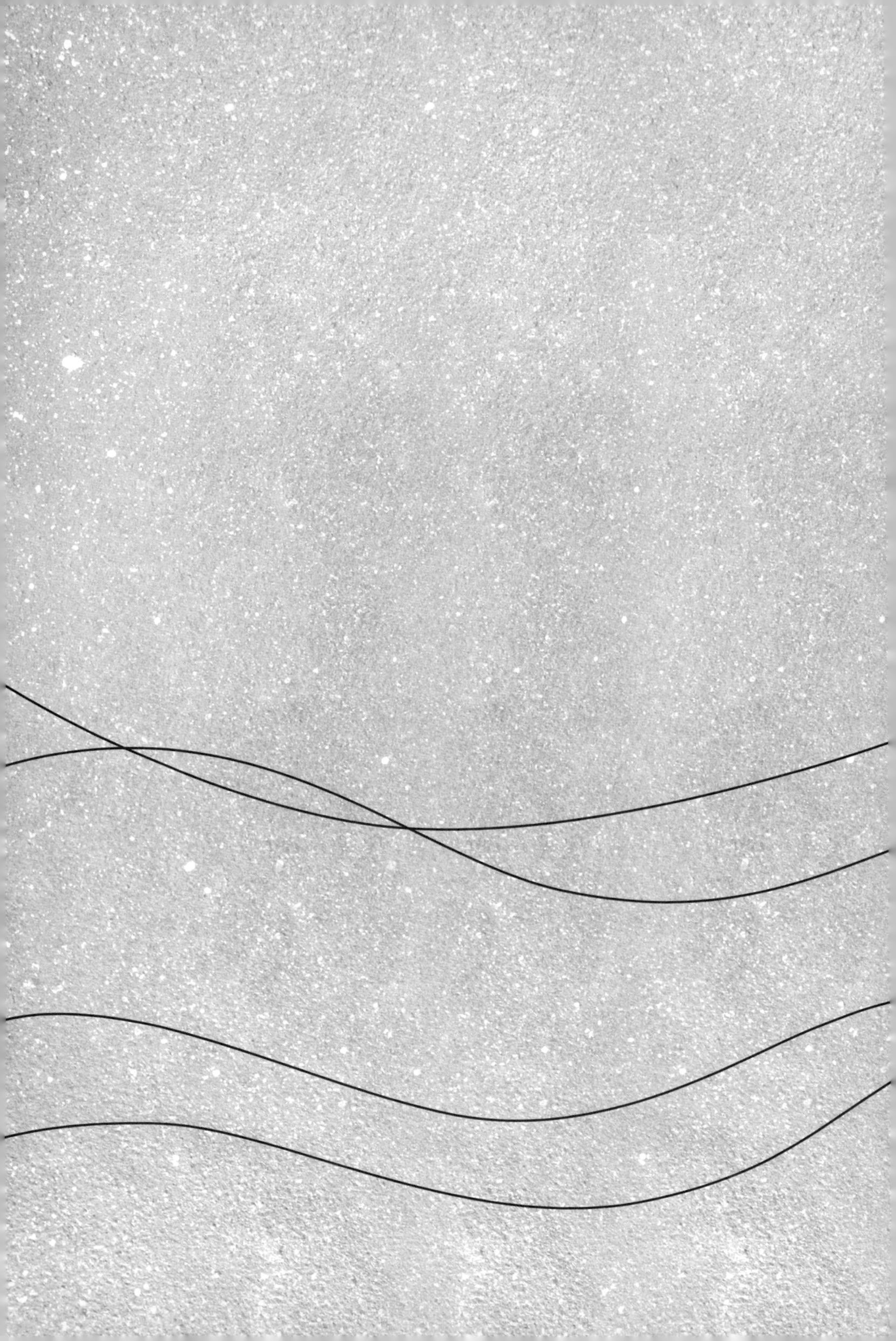

Chapter 2

練 習

數不清這是第幾次失去，熬過漫長的黑夜就會光明，

我忘記我生活在谷底，每一次燃燒都將我殆盡。

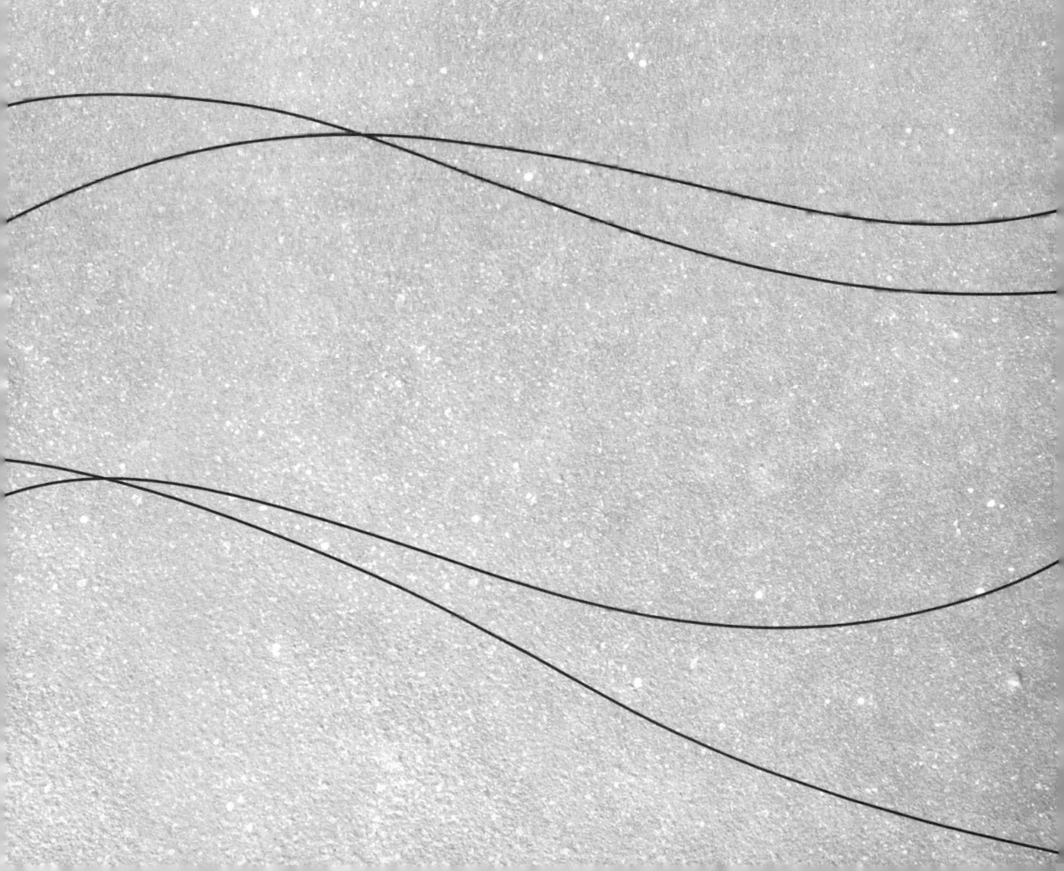

傻子

——「世界告訴我們，離別有很多種方式，
但願我們一輩子都做個後知後覺的傻子。」

1

我常常會夢見你。

很多時候，你都會站在夢境的盡頭沉默不語，而我動也不動地看著你，看著看著，我忽然就嚎啕大哭了起來，你也從未伸出手、靠近我。

然後我就醒了。

還有時候，你會還給我我家的鑰匙，說我們不能再見，但你沒有留下原因，你只留下了淚流滿面的我，我怔在原地，看著你堅定而果決的背影，連出聲喊住你的力氣也沒有，我好討厭這樣的自己。

然後我就醒了。

這些夢境這麼悲傷，如同滔天的海浪，來得既倉促又慌忙，每一次都在重蹈覆轍我失去你，後來連我都明白了故事的走向，它們都有共通的結局——

你不回來了。

你不回來了。

2

我的書櫃裡有一本書，那是借來的，好幾次收到圖書館的簡訊，提醒借期到了，但我總是忘記歸還，或者說，我不想歸還。

我們有一個共同的興趣，那就是看書，我們恰好喜歡同一個作家，喜歡她的同一部作品。你告訴我，這本書在他人眼裡很浪漫，但鮮少人會知道，浪漫的背後是淒涼。

這本書其實是在紀念她死去的丈夫。她的丈夫外遇，在外頭還有其他孩子，為時已晚，她理想的家庭和愛情一瞬成了灰飛煙滅的碎片，如同那本不再翻開的童話故事書，但比這更悲傷的是，她的丈夫隔月被檢查出是癌症末期。她除了面對離別，還面對生死。
之後的她患了精神病，折騰著她的後半生。她自殺前，把她記憶裡的所有美好都存留在這些文字上，用一千個夜晚的眼淚作詩，也用一千遍思念寄託，她仍然相信來世，他們能藉由文字記得彼此的容貌與聲音，記得他們遺失的那份愛。若是她的丈夫在來生中找到了她，他們還能再續前緣，她會原諒今生的所有錯誤，因為愛是偉大而寬恕、盲目而順從。

他問我，我看完有什麼感想？我說，希望他們來生不再見彼此，不相見，就不相愛，不相愛，就不悲泣。
但他告訴我，他倒是希望他們還能再相見，他們今生的劫，只有來生才能解開，這或許是一種最淒美卻沉重的約定，他們會一輩子用力記得。

「那看來，我們之間必須有一人被辜負，這樣來生才能相見。」
我開玩笑地說，你親吻我的額頭，語氣柔軟得像是融化在水裡的棉花糖：「世界告訴我們，離別有很多種方式，但願我們一輩子都做個傻子。」

好。
不知道我的回應，你有沒有聽到。

3

後來，我一個人回了故鄉，月臺上沒有你目送的身影，只有流逝在我身旁那些素不相識的背影，一個一個，堆積成記憶裡你的模樣，你該是穿著白色襯衫，搭著牛仔褲，筆挺地站在我面前，朝我溫暖地笑，那是比日落還燦爛的光景。

我看到一位年輕人幫父親拖著沉重的黑色行李箱，一邊叮囑他要照顧自己，父親和藹地笑著，臉部的線條柔軟分明，有別於年輕人臉上的緊張和不捨，還有他就要溢出眼眶的淚。
我回過頭，右邊是一對熱戀的情侶，女孩用力地擁抱著面前的男孩，像是要將自己窒息地刻進對方身體裡，繾綣難離，讓他將全部的自己給帶走，無論是去天涯還是海角，她都要如影隨形。不曉得是因為火車將要進站，還是擁抱的雙手過於用力，讓她在他的衣袖上畫出一條小河，她的身體也劇烈地顫抖著。

告別總是費盡力氣。

後來，他們都比我早一步上了車廂，我還佇立在等候線上，背朝著將要行駛的列車，向我的回憶告別。

我好像看見你，站在驗票閘門外，那是寧靜而溫暖的午後，你的瞳孔裡還殘留著奔跑過的濃濃秋意，是我們記憶裡的金黃色稻田，我們哼著兒歌漫步的歲月，你的足跡在土裡根生發芽，在我眼前蔓延成一片海洋，滋長出我的悲傷。
我的視線慢慢模糊了起來，我揉了揉眼皮，你已消失在前頭。

刺耳而急躁的鳴笛聲在我身後響了起來，好像費盡了洪荒之力，才踏出我裝滿鉛子的步伐，邁上了離別之路。然而這一次，背過你，我就不會再回來。

我寧願聽話地做個傻子。
因為我知道，我再也等不到你了。

就算我知道未來會失去你——
我還是想要賭上我的所有運氣
去奮不顧身地——相信你——

拙劣演技

——「說實話，我也幻想過自己是一條魚，眼淚就能不被輕易發現，但後來我發現，不是所有的若無其事，都能把自己照顧好。」

1

從有記憶以來，我就是個很愛哭的人。

父親說，小時候我去遊樂場，看見每個小朋友手上都拿著一顆造型氣球，就不斷地吵著也要一顆一模一樣的，因為那是我小時候最喜歡的卡通人物。可是很不巧地，氣球攤販的老闆說，那個卡通人物造型氣球已經賣光了，然後我就嚎啕大哭了起來，無論父親怎麼安慰我、勸說我，我都聽不進去，我一心只想要那顆氣球。

這件事我已經忘得一乾二淨了。不過父親說起另一件事情，我卻記憶猶新。
那就是我非常討厭上學。

幼稚園離家裡很近，父親每天都會負責送我上學後再去上班，但我永遠都是班級裡最後一個進教室的，而且是最令老師頭疼的那一個。

每當我一踏進幼稚園大門，就會開始擺著一張臭臉，因為我很討厭和大家一起學習，我也不想要和父親分開，便死纏爛打說什麼都不願意進學校，即使老師已經到校門口來迎接我。老師很溫柔，可是我還是會害怕在這個新環境裡生活，所以我開始哭哭啼啼，緊抓著一旁的柱子，就是固執地怎麼樣也不肯進教室。

當然，每次的結局，都是我仍然被拉進了教室。所有同學都會用詫異的眼神看著我，好像班上只有我一個人覺得上學是一件可怕的事情。

小時候的我就非常愛哭了，也不停地被捉弄，大家看見我就稱我為「愛哭鬼」。
我想，這不是個帶著貶意的稱呼，因為對於小小年紀的我來說，眼淚可以換取一切的關注和同情。

只不過那時候的我不明白，原來長大之後，眼淚才是最拙劣的演技。

2

男朋友和我分手了，大腦下指令的第一個反應就是哭，我不像其他女孩一樣冷靜沉著，連離別時都溫柔，所以我哭得肝腸寸斷。
是不是只要我哭了，你看到我很難受，你就會心疼我，然後像往常一樣，對我張開你寬廣的雙臂，那只能接住我的雙臂？

可是你沒有。你說我的眼淚實在太廉價了，廉價到你分不出哪一次才是真正的痛哭流涕，對你而言，我的眼淚就是配合悲傷的一種表情。

你不知道聽見這段話的我有多傷心。你不知道。
你不會再一次地心疼我的淚，你也不會把我當成寶貝，你不會在我傷心時擁抱我，把我難看的一面藏在你的懷裡，你再也不會愛我，而我再也無法挽留。

我承認，在你面前，我確實是耗費太多淚水，每一滴都代表著我對你的情意，而它們也只為了你而流。你不知道，它不是這麼廉價的東西，因為長大以後，我明白了眼淚是有使用額度的，所以我從來不會在別人面前示弱。我不會把最難堪的一面展示在別人眼前，我不在別人身上揮霍我的眼淚，但那是因為我愛你，那是因為我愛你，所以我願意。

於是分開之後，我再也不為你而哭了，那是因為我已經失去了你。
那是因為——我已經學會了放棄。

你如果不愛淚流滿面的我，那我會還你賞心悅目的笑容。
如果你不在意，那並不是真正的我，如果連你也看不穿，那麼這或許才是對你而言，最高端的演技。

3

我已經不愛哭了，卻變得容易傷感。

週末我和朋友相約去看一場愛情電影，這部電影的票房很好，網路上都是清一色的好評，而最多人給它的評價，便是說這是一部非常傷心的電影，必須帶著用不盡的衛生紙去。

坐在觀眾席，朋友先是左顧右盼後，接著湊在我耳旁說：「大家真的都帶著衛生紙欸！幸好我也準備了一包！那妳有沒有準備啊？如果沒有的話我待會分給妳幾張。」
我搖頭，我很有信心我不會哭的。
雖然我從小到大都被稱作愛哭鬼，但是如果與我在乎的人和事沒有關聯時，我就不會哭，我的眼淚還是有骨氣的。想起每次和母親坐在客廳看八點檔，只要看見主角們落淚的片段，她就跟著哭得一把鼻涕一把淚，我總是不明白哭點在哪裡，覺得母親是對劇情太認真、太小題大作了，畢竟那些不過都是演出來的、照著劇本的，並不是真正有感情的。

所以我很有信心，我不會哭的。

電影到達高潮片段時，我開始聽見四周此起彼落的啜泣聲。我側過頭，偷瞄一眼身旁很專注在看電影的友人，發現她眼眶正泛著淚水，於是我也認真地把注意力放回電影劇情，想要體會他們此刻的感動。

突然不曉得是那句臺詞或是橋段觸及了我，我感受到雙眼微微發熱，我抑制住想要流淚的衝動，努力地撐起眼睛，連眨眼都小心翼翼，但終究還是敵不過掙扎著傾洩而出的淚珠，它劃過我的臉龐，安靜地流淌，像是一條黑色的瀑布，模糊了我面前五顏六色的影像，只留下了一片沉默寡言的黑夜。那是伸手不見五指，令人灰心喪志的地獄，每一次，它都能輕易地將我捲入萬劫不復的回憶中——那是痛苦、那是絕望，那是一言難盡。

我開始明白了，原來那些眼淚是因為觸景傷情，是因為對悲傷有了共鳴。

你並不是因為比別人脆弱，也不是因為心臟柔軟得承受不住任何一丁點戕害，更不是因為你缺少人人嚮往的堅強，只是因為你也經歷過受傷。你在成長的懸崖嘗試過一次又一次的死裡逃生，也曾經不顧一切地把自己交付給無情的時光，你曾經也相信過傻氣的人就會有福氣，但你更明白了現實是殘酷的道理，你知道生命的顏色終究是蒼白，你的漫長心事，只是散落一地的塵埃未定。

從你被命運無情遺棄的那一刻起，你的眼淚就代表著你說不盡的委屈和無奈。

我不知道，未來，或是更長遠的以後，有沒有人能心疼我的淚。
會不會有一個人知道，我沒有哭，那不代表我真的不癢不痛。那只不過是我用來掩飾悲傷的拙劣演技，讓你忘記，我其實也有一顆千瘡百孔的心。

只是沒人懂過它，也沒人愛過它。

我想和你共度餘生

——「我想要每天睡前見到你，這是很小很小的心願，真正大的心願是——每天醒來也還能見到你。」

我要怎麼和你告白，才不會顯得我們之間的對白太過老派或是一成不變，才能讓你感受到我的心意，才能讓你多愛我一點，一天比一天地增加，一天比一天地深刻。

我想我會帶你去看你喜歡的海生館、會陪你去吃古早味麵店、會陪你養一隻你喜歡的柴犬，陪你做好多好多的事情。只要你願意讓我留在你身邊，我的餘生可以寫滿你的名字，我的努力也從來不會有竭盡的一天，我會一直一直愛你，直到四海枯竭、直到世界末日。

如果有一天，我們吵架了，我希望我們都可以給彼此一點思考的空間，來緩和自己太過激烈而口不擇言的情緒，我們能溫柔地擁抱對方、理智地為對方著想，並且不在乎對方身上劍拔弩張的刺，用愛柔軟它的存在。
我希望我們都能明白，我們之間的差距和爭執，都只是為了更靠近彼此一些。

如果有一天，我們為對方做了一件了不起的事情，哪怕只是不擅做飯的我為你親手做一份便當、又或是懶惰的你幫我吹乾頭髮，我們都要記得心懷感激，和對方分享自己心裡的喜悅。
我們生來就不是這麼擅長對其他人好，而我對你好，僅僅是因為我愛你，所以我願意。
我們要記得我們為愛所付出的一切，超乎了自己想像，卻心甘情願，因為我們一心一意只想看見更好的對方。

如果有一天，我們忘記愛的感覺，那麼可不可以不要輕易放棄彼此，我們重新去找回對愛的悸動，哪怕要我翻山越嶺、跋山涉水去尋找，都沒關係，只要你和我心裡有相同的堅定。
我們好不容易才從兩千三百五十萬人之中找到命中注定的彼此，茫茫人海裡相知、相惜、相愛，這一切是多麼得來不易，我相信，命運是為了讓我們成為更好的彼此，而不是讓我們錯失彼此。給我們之間一個機會，我們沒有權力改變世界，但是我們有權力決定彼此的未來。

你知道嗎？兩個人要在一起有多麼不容易，要走得長遠更是多麼不容易。

從一開始無憂無慮的年紀，到後來面對現實的波折，不得不接受的命運挑戰，一次又一次，讓相愛的人經歷了無數困難，愛會累積，也會消磨，那些看似很渺小的東西其實力量最大，比如時間、比如長大、比如信任，我們都不希望成為彼此的遺憾，所以我們拚了命地在和世界抵抗。

你猜，最終會有多少人選擇留下來看細水長流呢？我想這個答案，時間已經告訴你了，我們會是其中之一，那是因為我們有愛，我們有信任、有包容、有尊重，我們有一般人沒有的堅韌和勇氣，我們沒有比較幸運，或是厲害，但是我們努力。

我的願望只有一個——我想和你共度今生。
那麼你，願不願意陪我走下去？

陪我失眠．陪我做夢．
陪我天長地久

滿分

——「你的努力刻印在你生命上的痕跡，是你該引以為傲的榮耀勳章。」

1

「對不起，下次我會努力……」

幾乎是耗費全身的力氣，才順利把哽在喉中的話完整地吐出來，光是做好這件事已經用盡了我所有勇氣，沒有多餘的心思去想什麼時候巴掌會落在我的右側臉頰。我已經習慣迎接那份腫痛的熱辣感，但心跳還是不自覺在加快。

母親對我的模擬考成績很失望，這已經不是第一次了。她總說，她辛苦地拉拔我長大，就是希望我能有一份好學歷、好文憑，出社會後找一份好工作，然後讓她年老後能衣食無憂地享受我帶給她的榮華富貴，這才是孝順，她說，這才是孝順。

「總說要努力、努力，但努力也要拿出成效啊！妳知道我每年要花多少錢供妳讀書補習嗎？妳真的很不爭氣。」
「妳看看隔壁人家的女兒、看看妳班上第一名的同學，他們多優秀啊，他們父母有福氣生到這樣的小孩，人生都輕鬆了一半，妳能不能向他們好好學學？」
「妳要知道我嘮叨都是為了妳好，以後妳就會知道爸爸媽媽為什麼要妳這麼用功、對妳嚴格，我做這些我也很累啊！妳以後會感激我的……」
「又是這種分數，妳看看，妳這樣到底都是在玩還是在讀書？妳這個年紀讀書就是本份！妳的小説跟漫畫都給我收起來！不要搞一些有的沒的，也不要參加社團！」

母親，我很努力了，為什麼在妳眼裡，這些努力全是空無一物的笑話？

2

我是獨生女，是我父母唯一的希望。
我的親戚都比我年長，他們都有一份好工作，聽我的家人說，他們從學生時期就是班裡名列前茅的資優生，無論是在校時期還是畢業出社會後都生活得很順遂，結了婚、也生了小孩，才三十歲已經去過了十五個國家旅遊，過得幸福美滿、衣食無憂，他們是別人口中稱呼的「人生勝利組」。

那也是我一輩子望塵莫及的高度，我父母從小希冀我站上的高度。

幼稚園時我學了珠算、學了口琴、學舞蹈跟英語，小學時學游泳，國中時學鋼琴跟上家教，高中時全部科目都報名了補習班……這些都是我父母安排規劃的，他們從來沒有過問我喜不喜歡，他們說，這些不會害了我，會讓我成為一個多才多藝、讓人欽羡的孩子，可是我學習力極差，對這些事物也沒有熱忱，所以總是不斷搞砸。為期最長的就是一個月的鋼琴，和我總是在上課時忍不住想打瞌睡的學科。

即便投入了無數心血和金錢，我也沒有將這些才能專精，課業上沒有好的起色，更辜負了父母親對我的期待。他們深信付出就會有回報，日復一日，他們對我應該要成為一個「優秀的孩子」的執念越來越深，甚至，達不到他們所設立的目標，我就會受到懲罰。

在很炎熱的天氣裡，我仍然是穿著長袖長褲，同學總是會玩笑似地嘲笑我，想假裝熱情地伸手掀開我的秘密，但我都會著急地對他們生氣，因為我認為這是很丟臉的事情，我藏在衣服底下的疤痕和瘀青，都是見不得人的失敗。

對於我的親人，他們一次又一次失望的神情，比我身上的記號還要更令我受傷，因為我已經習慣了這些皮肉痛，也認為這是一種變相的激勵，讓我能更接近他們所期盼的成功，所以我可以忍耐他們對我的不諒解，我曉得他們是因為愛我才會關懷，可是我卻不忍心看著他們一次又一次為我而流的眼淚、為我憤怒的情緒。

我好努力地想要成為一個品學兼優的學生。
我沒有任何缺曠課紀錄，每一次上課也是集中注意力在老師說得口沫橫飛的嘴裡、和字跡密密麻麻的黑板上，寫的任何一份考卷我都是奮鬥到最後一刻交卷的，但是為什麼我就是成為不了大家所說的「好學生」呢？

是因為那些驚濤駭浪的歷史我沒有親身參與過、是因為那些多不勝數的國家我沒有旅行過、是因為那些生澀難懂的文言文不是我們使用的語言、是因為那些數學公式我從來不需要應用在日常的便利商店裡嗎？那為什麼別人就可以輕而易舉地得到滿分，我的成績卻永遠少他們一位數？為什麼該畫的課本重點我毫無遺漏、筆記也是一字不漏，還是沒有辦法複製進我的腦袋裡呢？為什麼他們有獎狀跟棒棒糖，我只有壓力跟責任呢？

你能不能告訴我，是老天爺照顧了太多人，所以沒有看見我？只要我堅持下去，他也會想起要眷顧我嗎？

奇蹟沒有降臨在我身上，我還是日復一日地抱著那些滿腹失望和力不從心。

3

老師問了班上成績優異的模範生：「你回家後都花多久時間在讀書？」

出乎意料地，他回答：「一個小時啊。」

「那其他時候呢？」

「當然是在玩我的手機遊戲，練等打怪啊。」

我每天除了吃飯洗澡和上廁所，其他時間都是安分地坐在書桌前，有時候還要挑燈夜戰，惡補明天要考試的科目，不能分心於母親每個小時的查房。我的手機會被鎖在置物箱裡，等到睡前才有半個小時可以小歇片刻的娛樂時間，那是我最放鬆、最快樂的時光。
甚至，有的時候，連在最虛幻的夢鄉，都會淚流滿面地驚醒，那是內心深處揮之不去的恐懼和絕望。

我多麼羨慕他們能選擇他們的人生，能做自己喜歡的事情。
從來沒有人過問我，喜不喜歡寫作、喜不喜歡繪畫，大人們決定了我人生的方向和興趣，他們說那一切都是為了我，是為我好，可是真的好嗎？我不快樂、我不快樂，誰在乎我快不快樂呢？
我羨慕他們的快樂。
我羨慕他們的天資聰穎，能面對這些困難和挑戰還毫不費力。
我羨慕他們的成長環境，只有滿滿的鼓勵和誇讚，沒有萬箭穿心的傷悲。

我好想和你們說，我真的撐不下去了。我不孝順，我做不了那個完美的孩子。我好累，我真的好累，我想要您擁抱我、摸摸我的頭，告訴我，我真的很努力了，我很棒，沒關係的，我是你一輩子的驕傲。

我真的很努力了，我很棒，沒關係的，我是你一輩子的驕傲。
我很棒，沒關係的，我是你一輩子的驕傲。

沒關係的，我是你一輩子的驕傲。
我是你一輩子的驕傲……

4

當我甦醒時，是刺鼻的消毒水味和蒼白破舊的天花板。
我的視線慢慢清晰，我輕輕地晃動了四肢，感受到有些軟弱無力，甚至有幾處神經在隱隱作痛，我發覺疼痛的來源是我裹著數層紗布的左手腕。我的聽覺也慢慢恢復，落在窗邊的雨水敲打聲，既陌生又慌張。然後，我轉過頭，望見趴在床邊的母親。
她的頭髮有幾絲蒼白，白皙的肌膚上突兀的黑眼圈深了一圈，褪去那些跋扈和銳氣，剩下的是為人母的擔憂和掛心。

是什麼折騰了她呢？

她緩緩地睜開了眼睛，我的視線不偏不倚地掉落在她深邃的瞳孔裡，我什麼都來不及開口訴說，我的母親問我：「傻孩子，有沒有哪裡不舒服？」

我的眼淚撲簌簌地落了下來，伴隨著無眠的雨，劃過我乾燥的肌膚，無聲地留下一道悲傷的河流，原本的光明又朦朧了起來。我分不清我的情緒，或許更貼切的詞彙是釋放。
這是我第一次在母親的面前哭，我慌亂地想隱藏臉上的淚跡，卻無所遁形，於是我喃喃自語、不停地道歉：「對不起、對不起、對不起……」

「妳沒事就好了，回家我煮一碗雞湯給妳補補身體，最近壓力大了，也常常熬夜，好好照顧自己。」母親輕輕伸出手，溫柔地順著我的髮，臉上是久違的慈祥笑容。

我的心底似乎有什麼化開了，在深處蕩漾著，泛起了陣陣漣漪。
那是母親的愛。

抑制了哭聲，沉默了一會，我提起勇氣緩緩開口：「我考差了。」
沒想到換來的不是母親熟悉的斥責聲，她笑著回應我：「老師說妳進步了，比上次前進了五名，妳很努力了。」

我破涕為笑，這是天大的好消息，我終於進步了。
我也開始悔恨，不應該用這樣的方式試探母親對我的真心，她多麼在乎我、替我煩憂，我卻缺少了勇氣和她冷靜下來、好好地溝通一回，我總是看不見她的付出和苦心——她在背後替我拜託了無數次請老師能多照顧我、鼓勵我，在我點燈的夜晚她也從未缺席過。她在一旁默默地陪伴我長大，也正在學習該如何做一個好的母親，可能她曾經用錯方式來陪伴我成長，但是深愛孩子的心情她不曾缺少。
說到底，我們都是為了對方而變好。

可能就是這一步差距，讓我們差點錯失了理解彼此的心。
但沒關係，一切都來得及，我們還有辦法挽救錯誤，只要我們願意跨出這一步，去擁抱、去體諒、去愛。

5

真正的「好」不是分數能衡量的成功，我們這一生要學習的課題太多，這僅是渺小的其中之一，也不是今生最難解的一道題。
我始終相信，所有困難會撥雲見日的，會的、會的，只要你努力。

醒著時就好好愛自己

——「真正把我和夢想分離開的不是世界，是我自己。
醒著時就好好愛自己，你沒有辦法背棄自己的心。」

還記得初中的時候，我永遠都是班上作文寫得最好的那位同學，老師總是會在國文課上表揚我又拿了個六級分，甚至誇大其辭地說我是現代徐志摩，這些讚美常令我眉飛眼笑。不同於其他孩子總是害怕寫作文，聽到就哀聲連連，我卻在心底期待每一次的寫作，因為從小我就沒有什麼長處，並不是特別會讀書的孩子，只有在這方面，我才可以盡情發揮自己的才能，得到那些我欽羨過別人擁有的掌聲和眼光。
我沒有問過自己喜不喜歡這件事，但總覺得自己只能做這件事。我只有在做這件事情時，才有辦法做好。

那一年大家準備迎接基測，老師為了補救大家相對學科外較差的寫作能力，在班上的櫃子裡放了大疊作文紙，告訴我們可以自己寫完後拿給老師批改，於是我每天都拿了三張稿紙，無論上下課都拚了命地奮筆疾書，那是我在那段水深火熱的日子裡唯一的樂趣。

我印象很深刻，踏進老師的辦公室領我的作文紙時，老師問了我：「妳喜歡寫作嗎？」我思忖半晌，告訴她：「我很喜歡。」她笑了笑，接著問我為什麼。

我是這樣回答她的：小時候我內向孤僻，不怎麼喜歡和人相處，也不喜歡交朋友。我體弱多病，大家在操場上玩耍時，我都是在病房度過的，可是幸好醫院樓下有間書局，媽媽會陪我去那裡買幾本我愛的故事書，所以在病房裡我也不覺得無趣，因為我總是有好多書本陪著我，那是我童年最快樂的事情。

老師說，有喜歡的事情是非常好的一件事，她希望我可以繼續熱愛下去。她聽班裡的同學說我還有在寫小說，希望我能讓她看一看，我很愉悅地把我的作品分享給師長，我又再次得到了她的讚美。

能被肯定、被青睞，那是多麼好的事情啊。
於是從那之後，我就開始不停地創作，我迷戀在自己的天馬行空，也享受每一個故事的主人翁帶給我的感動，哪怕它們都是捏造的，但是我會賦予它們靈魂和意義，它們會在我的筆下有了新的生命。我喜歡和我產生共鳴的每位讀者，我也格外珍惜每次交流，我必須寫下去——因為我知道這是唯一一件會令我感到萬分開心的事情，讓我證明自己有價值的事情。

每一次，我都會告訴別人我的興趣和專長就是寫作。
然而我其實放棄過這件我自以為十分熱愛的事情的。

因為我並不知道我喜歡它的真正理由——是因為它帶給我成就和快樂，還是它給我一處能盡情抒發自我的淨土，又或是它是無能的我唯一的長處？
我什麼都不知道，茫然而毫無方向的，成為了一名作家。

這件事一直到我觸摸自己的第一本實體書時我才感到真實，原來我真的成為了小時候渴望的那種大人，並且實踐了自己的夢想，而且是在不知不覺間。但相同地，這件事也令我害怕，從今以後我要對我的另外一個身分負責，我必須小心翼翼地、用心至極地對待著背負期待的所有人，而不能再是輕鬆自如、無憂無慮的，有時候我都會問自己，我真的可以做得好嗎？會不會其實我根本就不適合？

每當我對自己迷惘的時候，看了看自己一路走來的軌跡，忽然覺得放棄永遠都是太過容易的事情，只要我停下來了，那麼一切就會迎接結束。為了阻止這樣的事情發生，所以我不敢當個任性的大人。

我心底總有個聲音告訴我，走下去吧，沒有理由地，走下去吧。
或許我們就是缺乏這個勇氣吧，在面對未知時，還能義無反顧地一心一意下去。

一直到後來我才知道，很多事情雖然缺少了完整的答案，但不一定就要有答案。你可以只在乎你所擁有的，而不在乎你沒有的。

儘管我無法一夕之間成為我想成為的那種很厲害的人，但只要我夠努力，我就會更接近理想一點。
畢竟夢想之所以為夢想，便是因為它不是隨手可得的幸運。

能擁有一份熱愛和渴望已經是得天獨厚的幸運了，只怕不能持之以恆地維持住這份幸運。

我們不能決定命運什麼時候把我們所熱愛的事物給奪走，但是在你能擁有之際，你可以選擇該怎麼與它共生。儘管你曾經徬徨、無助、迷惘或是害怕，但你知道什麼才是你生活的意義和動力，你也知道放棄該有多可惜。比起後悔，更怕的是遺憾。
我很慶幸自己能有這份毅力陪我奮不顧身地闖一闖這個善變的世界。如果年老後什麼都留不住，至少這份努力和青澀會是我一生最珍貴的回憶。儘管時間沒有倒流，我也認真地活過，活在我想要的當下之中。

其實很多的喜歡是沒有原因的，你以為的平凡也可能是種不平凡，或許我們這輩子能做的也是這麼多了，此時此刻，熱愛自己的一生、揮霍自己的青春，那何嘗不是件好事。

我是安靜地生活在這個世界上，但我的心很熱鬧，因為裡面很豐盛，充滿了愛與夢想。儘管生命再重來一次，我的選擇還是一樣。

此刻的你還有機會決定。
趁我們還年輕，盡情去熱愛一些東西。

趁我們還年輕

去熱愛生命和相信奇蹟

錶

——「分開之後，你還是你，我也還是我，我們不會因為裝過彼此的靈魂而有所不一樣，所以我才懷疑我們不是真的愛過。」

就算再難過，我也不哭了。

我不是那種分手了就會一哭二鬧三上吊的類型，所以當你脫口而出殘忍的言語，你就不再是我認識的那個溫柔的愛人，而我也不會是你記憶裡膽怯又卑微的伴侶。
所以我不哭。

那些有什麼用呢？眼淚、夜晚、繁星或是詩歌，都不能變成你，那都是廉價且自私的擁有。不能收藏，更不能典當，既然沒有價值，那麼就沒有存在的必要。
就像我們的愛一樣。

所以我不會任性地在你眼前嚎啕大哭，求你再留下來陪我，更不會為了你改變我所有的壞毛病。畢竟你沒能力去愛的，還有別人會保留。
我要帶著一模一樣的自己，一樣的漂亮、乾淨、深情，我還是一杯完整如初的烈酒，也還是有下一個人會為我而醉，而他不會發現誰滲入過別的口味。
我會隱藏得毫無破綻，連你也不會察覺。

你不知道我會想念你，我也不會對你說。
我們不會成為彼此的恆星，我們是彼此的消耗品，所以在竭盡之前，表現太多的離情依依都是多餘。竭盡之後，更不需要為了彼此而可惜。

之後，你還會是你，我也還會是我自己。

愛如果最後是糊塗，我們都別留著彼此再耽擱歲月，我們都別再為回憶傷悲，也都別再為相思自怨。
分開的時候我們都別軟弱了，不要用眼淚當作留下的藉口，也不要用遺憾當作纏綿的愁緒，我清醒地愛過你，現在也要清醒地向你告別。

你別回頭看我，我也不再見你，我會在風裡祝福你，你也能請鳥兒為我捎封信。
我們用離別做延續，我們說再見，我們選擇成為生命最好的紀念，而不用生死糾纏，歲月就不卑微。

我的時針在走了，它還是好的錶，和我們當年一樣。

情話

——「字與字之間藏著沒有表露的是我愛你。」

1

浪漫和腐敗不是一體的，但我和你是。

2

我說過我愛他，我知道他聽到了，可是他永遠能裝作沒有聽到，就像當初我不被愛一樣。

3

遇見你我才知道，愛一個人其實很簡單啊。
只是這從來不是單行道，我不能在這裡毫無回音地喊著我愛你，卻用一生等一個答覆。

4

從今以後，我的眼淚和詩都與你相關。
你可以帶著它逃亡到天涯海角，是我最偉大的祝福。

5

「我好想你。」A.M. 3:00
我只剩賴皮地想念你，才不會將你忘記，永恆地把你留在夢裡，哪怕醒來就會忘記。

6

你沒有資格用快樂或悲傷來評斷我的生活，你看到的我，都不是我想讓你看見的我。
愛了便是愛了，但你不能戳破我的若無其事，因為底下都是我害怕對你誠實的，我活得好悲傷，我需要你才能呼吸，但我知道你不會留在這裡。

7

我很想要問你，什麼樣的話才適合在分別的時候說，有些欺騙和謊言，沉默和銳利，都不是我們想留給彼此的解脫，可是為什麼就連實話都成為我們加速疏離的理由。
那我們能不能什麼都不說，你會不會記得我更多？

8

被責備時我忍耐、被誤會時我忍耐、告別時我忍耐、淋雨時我忍耐、受傷時我忍耐，時時刻刻我都在忍耐，我做一個乖小孩，才不會不被愛。
所以就連失去你的時候，我都用力地，在忍耐。

9

日子還很長，大家說我還年輕。
我問他們什麼是年輕，他們說，是還有一生可以盡情去愛。
我回答，那麼我已經不年輕。

10

冬天，你習慣睡前先溫暖我的床，你知道我容易四肢冰冷，你還會沖一杯熱牛奶，我失眠的時候你會不顧一切地哄著我睡。
我一直以為幸福不過如此，我回家後你是家，我閉上眼你是夢，睜開眼你就是太陽。
當我們吵架了，你不存在這些日常中，我以為那就是世界末日，或是幸福的結局，但我只要低頭認錯，你就會擁抱我。

然而世界末日是，你能選擇不要我。
我從來都是被選擇的。

11

你們都不要告訴我什麼是愛。
因為在不被愛的時候，這些都是毫無意義的空談。

12

我一直都好羨慕你，能選擇愛我或不愛我，我卻只能愛你或更愛你。
本來，我是知道我們很好，好得像是愛你就是我的責任。
但不可思議的是，其實我們一直都不好，卻在分開時才發現完好如初是假象。
讓我不禁懷疑我愛你是不是也是假象。

13

我要捨得，捨得我的不捨得。

14

十四，停在這裡吧，每個月的十四號都是情人節，我們留在情人節。
我們留在情人節。

你不會知道
面向你是擁有一座繁城
背着你時眼淚是一片海

初晨

——「我們還沒老去，世界已黯淡無光。
而百歲之時，你仍是我唯一的信仰。」

1

我希望你世故，不希望你被命運辜負。
你沉穩、不動聲色，你變成一座失去情緒的浪漫雕像，生命刻劃了你的姿態，你毫不反抗，你聽話、你從容，沒有任何美麗比你更靜止一瞬。

你相信傳說。相信十二點過後，相信天空清亮之際，你會獲得再一次的重生，和一副新的軀體與皮囊，然後你便能相信自己活了下去。

2

今天是和漫雪一起去遊樂園的日子。
認識這麼久以來，他們都沒有一起去過遊樂園。每一次的約會景點總是咖啡廳、公園、河堤或是圖書館，乏味又無趣。

他還特意為了這天盛裝打扮。在心上人面前每一個細節都要完美無缺，袖口的每一道皺摺都不能放過，連挑一款香水的味道都要想上整整二十分鐘。
他要給她世間最好的，她是他唯一細心豢養的花。

她是他這輩子唯一的在乎。

3

他遠遠就看見他心念人兒的身影。
她穿著一身白色洋裝，綁著兩個小辮子，倚在園區外的欄杆旁，低著頭專注在她的手機，忽然有隻小麻雀飛到她的腳邊，她蹲身抱膝，笑彎了眼，不曉得在喃喃自語什麼。

在遠處看的他也跟著揚起笑意，他的女孩是這麼可愛。
原本不想打破整個畫面的美好和諧，但他實在太好奇女孩對麻雀說些什麼，於是偷偷摸摸的放慢腳步，抵達她的身後，一同蹲身，但湊近時卻不經意驚動了女孩。

女孩輕輕地拍打了一下他的肩，臉上依舊是溫柔的笑。「沈晨，你來啦。」
沈晨先起了身，伸手拉女孩一把，再彎腰幫她理好裙襬，才慢慢開口答覆：「嗯，明明是我約妳出來，還讓妳等我，真對不起。」
漫雪瞧了一眼手上的手錶，傻乎乎地側過頭，不在意地笑著說：「沒有呀，我們是約十二點沒有錯。」然後挽起男孩的手臂，拉著他向前。「走吧，我肚子好餓啊。」
太陽很熱烈，他的女孩也是。

假日的遊樂園是人山人海，他順其自然地牽起女孩的手，深怕她在人流裡走丟。最後他們選擇了一家速食店用餐，想要待會先去熱門的遊樂設施排隊。

他看著漫雪毫不在乎形象地大口咬著漢堡，嘴邊都是麵包屑的模樣，無奈地笑了起來，看來她是真的餓壞了。他很喜歡漫雪的自然率真，無論是在誰面前都保有真我的模樣，她是這麼乾淨且明亮。
沈晨伸手替她拿下嘴角的麵包屑。

女孩驚覺什麼似地瞪大雙眼，把最後一口漢堡遞到他的眼前，嘴裡還止不住咀嚼的動作，含糊不清地說：「沈晨，這個牛肉口味好好吃，最後一口分給你。」
他當然也不拒絕女孩的好意，一口吃下她餵來的漢堡，之後替她接過包裝袋、拿起紙巾為她擦嘴。
雖然她總是像小孩子似地，但是沈晨很喜歡這份純真，他希望她一輩子都能不被世俗給影響，他也會為她保駕護航。

倏地，漫雪呵呵地笑了起來，指著眼前的男孩說：「你也和我一樣！」
沈晨不疾不徐地將自己的嘴角擦拭乾淨，寵溺地摸了摸女孩的頭。

第一站是雲霄飛車。
他看著漫雪引頸盼望，握著自己那雙手不停地左搖右晃，她迫不及待的模樣全收進了他的眼裡，使他的目光都溫潤下來。
在她身旁時，他不能有一絲的閃神，要寸步不離地守著她。

他想起小時候和漫雪一起在公園玩的場景。
那是他們的六歲，當時她的表情也是和現在一樣，無憂且澄澈，所有的美好都在她小小的臉龐上綻放。
他坐在一旁的椅子上看書，而漫雪在溜滑梯，玩得不亦樂乎，他也就沒有多費心。一個段落之後，他闔上書抬眸時，才發現漫雪已經在他的視線範圍內不見蹤影。他心裡一慌，四處在公園內尋找她，一邊奔跑一邊喊著她的名字，但都沒有一聲回應。
他著急得都快要落淚。在所有人面前總是堅強的他，其實也是有害怕的事情。
——像是失去她。

最後他在溜滑梯中央底下的小空間內找到林漫雪。
他看著那小小的身影蹲在地上，拿著樹枝在沙地上小心翼翼地寫字，認真的模樣讓他不敢驚擾她半分。
視線落在那些歪歪扭扭的字跡上，他的眼神從焦急漸漸轉成了平靜，臉部原有的緊繃也在這刻柔和下來。
——我要當沈晨的新娘子，一輩子在一起。

他放低聲音，喊了喊女孩的名字，但專注的她並沒有聽見。

他再加大聲量喊了一遍，才得到女孩回頭應聲：「沈晨，是你呀。」

他還是不忍心責備她，揉了揉眉間，好聲好氣地說：「妳怎麼可以不說一聲就跑走？」

「對不起啦，讓你擔心了，你可別和我媽咪告狀喔！」漫雪俏皮地吐了吐舌頭，顯然沒有感到一絲愧疚，不曉得剛剛男孩心裡到底有多慌張。

相比沈晨的細心和謹慎，林漫雪一直都是這麼單純，想法簡單，所以即便年齡相仿，他也比她成熟得多。大多時候都是他在照顧她。

想起還有更重要的事情要和男孩分享。

她那雙漂亮的眼睛寫滿了堅定和無所畏懼，漫雪一邊指著方才的傑作，一邊用稚嫩的嗓音向他宣告：「沈晨，長大我要做你的新娘子！」

沈晨怔在原地，不發一語。小小年紀的他還不懂得被告白時要怎麼回應，儘管他也喜歡她。

林漫雪久久未聞聲，不悅地鼓起雙頰，逕自跑到他面前熊抱他。她的聲音壓得低低的，聽起來萬分委屈：「漫雪不可以做沈晨的新娘子嗎？」

他當然不捨得女孩難過。張手回應了她的擁抱，並低聲詢問她：「漫雪知道結婚是什麼意思嗎？」

「像爸比跟媽咪那樣，一輩子在一起，不是嗎？」她退開擁抱，稚氣的臉蛋寫滿了認真，不容拒絕地向他說：「我要跟沈晨一輩子在一起。」

沈晨無奈地笑了笑，他知道自己總是拿她沒轍。
點頭，並伸手和她拉勾承諾。「好，沈晨和漫雪會一輩子在一起。」

記憶慢慢地拼湊清晰。身旁的漫雪拉了拉他的手，向沈晨說：「下一組就是我們了，想什麼想這麼認真呀？」
「沒什麼。」沈晨搖頭，臉上是半分未減的笑容，照樣溫柔。

一輩子在一起，不知道能不能實現。
今年的他們十七歲。

4

隔日還是照樣要早起上學。
林漫雪百般不情願地在床上翻了又翻，關掉了無數次鬧鐘，最後坐起身打了個大哈欠，才願意面對現實。
她晃頭晃腦地走進浴室漱洗。但總覺得自己忘記了什麼重要的事情，或是……約定？她遲疑了許久，還是沒有答案。

等到想起時已經太晚了。林漫雪嘴裡還咬著一片吐司，匆匆忙忙地套上鞋子，連背包都來不及背好，就急著衝出門外。
沈晨看到氣喘吁吁的林漫雪，只是沉默地笑著。不用想也知道，她又睡昏頭忘記自己早上要來陪她一起去上學的事情了。

「我又睡過頭了，讓你等了很久對吧。」林漫雪低著頭愧疚地說，儘管她知道對方不在意，心裡還是過意不去。
沈晨笑著替她接過背包，要她轉過身背對自己，林漫雪聽話地照做了。
她聽到沈晨在她身後的聲音，不是責備，而是令她安心的溫柔。
「頭髮都亂了，我幫妳把頭髮重新綁好吧。」

林漫雪想起從小到大，只要是父母出外工作，幾天沒有回家的時候，都是請沈晨幫忙照顧自己的。以前她總是覺得她的父母很不負責，怎麼可以放任兩個十歲的孩子自己在家，沒有大人他們根本就無法自理生活。但她萬萬錯了，只要有沈晨在，她在哪裡都能放心，即便是在荒郊野外。

沈晨會幫她烤吐司、綁頭髮，還會幫她挑選上學的便服，有時候他們也會一起讀書、一起睡覺、一起玩。她就像自己的親哥哥一樣，無微不至地照顧自己，而且從未有怨言，彷彿是他樂於對她付出。

沈晨和林漫雪小時候是鄰居，兩家人往來頻繁。但沈晨雙親離世得早，在他五歲那年，一場意外的車禍，把兩條無辜的生命給無情帶走，只留下了年幼的孩子。

漫雪的父母也不忍心一個這麼乖巧懂事的男孩子要在外受苦，於是把他帶在自己身旁照顧。因此對沈晨來說，林漫雪的家人也是自己的家人，甚至是貴人。

日子漸久，她也漸漸把沈晨當成自家人看待，儘管他們不存在血緣關係，但仍比血緣的羈絆還要關係深厚。一直到現在，她都沒有辦法不對他這些溫柔和體貼感到怦然心動。

在他們上了高中後，沈晨便搬回去原本的家居住，為了不讓漫雪的家人多替他擔心。他覺得自己也長大了，可以自己照顧自己，在外找了份穩定的打工，有了規律的生活。林漫雪的家人沒有多做反對，認為男孩子有了理想便是好事。
但這並不影響雙方的感情，他偶爾還是會到漫雪家一起吃飯，或是陪她讀書。

「伯母他們又去出差了嗎？」沈晨看著林漫雪空盪盪的右手，問道。平常的她都會提著便當袋的。
「是啊，好希望你每天不用早起去社團練習，就可以天天陪著我上課了。你早晚都這麼忙，乾脆別去吉他社了⋯⋯」林漫雪嘟著嘴，藏不住語氣裡的抱怨。
「沒有辦法，因為最近在準備比賽，總是比較忙碌。」沈晨見女孩面帶不滿，放輕了口氣，溫柔地笑著說：「那以後都陪妳一起下課回家，這樣好不好？」

當然好。

林漫雪喜孜孜地點頭答應，踮起腳在他的右臉頰留下蜻蜓點水般的一吻。

他們雖然同年級，但是並不同班。

到校門口分別前，她還不忘對心上人說一聲：「放學說好了要去約會，我會在教室等你，不見不散喔！」

不見不散。

5

世界不應該任由悲傷肆意的流動，黯淡了人們身上絢麗的光芒。

沒有人能明白，香樟樹盎然的夏天，怎麼會成為不可告人的死亡。

6

那個時候發生了什麼事情？

林漫雪再次睜開眼睛，感到頭劇烈的疼痛，她試圖用盡全身力氣想坐起身，但四肢都使不上力，又是著急又是難受地，此刻她萬分無助。

沈晨剛從房外裝了一杯水，一打開門便看到床上的人兒已經清醒，慌張地跑到病床旁扶起她，讓她順著自己的身體倚靠，一邊安撫著她的背。

明明前一刻是好好的，一直到告別前都是。
為什麼再見到心愛的她時，卻是在醫院呢？

「漫雪……」
沈晨開口輕輕喊了女孩，原本組織好的語言卻又硬生生地吞進喉裡。

他想起剛剛送漫雪來醫院的男生，叮囑他什麼都別問她。
可是即便如此，他還是希望有人能告訴他剛才的來龍去脈，他無法接受事情這麼發生。
儘管他用雙眼也能揣測出他的愛人經歷了多可怕的一場災難。但他只能欲言又止，就怕再次傷害到她。

被通知來病房時，是一個陌生的男生用漫雪的手機撥打的。
當時因為被課程耽誤的他，心急如焚地想要趕到教室去和漫雪賠不是，但他四處都找不到女孩的身影，原本安慰自己只是女孩等不到而先回家了，但童年的恐懼再次蔓延上心，他不敢放棄尋找。

然而這通電話卻證實了她的不幸。

他其實一直都知道，校園裡存在著不少仰慕自己的女孩，她們都非常嫉妒林漫雪有著「沈晨的女朋友」的稱謂，但是他從來沒有想過這件事情會造成這麼嚴重的後果。他原本以為只是女生無傷大雅的勾心鬥角，他仍然可以保護好心愛的她，卻沒有想過她們會不顧一切的傷害林漫雪。

全部都怪他。是他沒有盡到保護好她的責任。

一直到他趕到病房時，看到林漫雪白皙的臉蛋和脖頸間充滿泛紅的抓痕，臉色蒼白、毫無生氣地躺在病床上，他幾乎是克制不住要發瘋的情緒。

趴在床沿的是素昧平生的男生，穿著和自己同校的運動服，看起來也是同年級的學生。

對於那個男孩──他對自己的眼神很不友善、他救了林漫雪、他叫做「殷晚」。

他能知道的也就這麼多了。

看著原本活蹦亂跳的氣息在女孩的臉龐上不見任何蹤影，取代而之的是絕望和恐懼。除了自責外，他現在的內心既焦躁又氣憤。

向來溫和的他從來沒有感受過無法自我掌控的心緒，彷彿一不注意就會引爆，連他自己都沒有把握能壓抑住心裡那頭兇猛的野獸。但是他知道不能傷害到她，他心愛的人就在他的身旁，無論如何，他也要忍住。

他的指甲掐入掌心，握拳的雙手因過度用力而發紅，他能感受到皮肉的萬分疼痛，卻不能因此減少內心的一分難受。

他知道，他知道女孩經歷了什麼，但那個詞彙他卻說不出口。
為什麼是她？為什麼要對她下手？為什麼要傷害他愛的人？
他想不通，可是他知道，是他害林漫雪遭遇這一切。

沈晨看著林漫雪身上套著殷晚的運動服外套，卻仍舊遮掩不住身上被侵犯的痕跡，他心痛得都要哭了，絲毫不敢眨眼。
他害怕他一個閃神、一次疏忽，林漫雪就會再次遭遇不幸，他的眼淚也會按捺不住。

林漫雪緩緩伸手接過沈晨手中的那杯水，視線落在他不停顫抖的那雙手，她若有所思了一會，露出了一個難看的笑容，擠出了全部的聲音：「沈晨，你來了。」
「我又來遲了……我真的……」他語帶哽咽，說不出完整的話。
林漫雪不忍心看他自責和痛苦的模樣，於是扯出了謊。「剛剛怎麼了嗎？這個外套是誰的呀？是沈晨的嗎？」

沈晨錯愕的看著林漫雪，太多的情緒無法被消化，許久他才反應過來，拼湊出唯一一個合理的答案。
——失憶？

再細心的他，被負面情緒纏繞的時候，仍然沒有辦法理性地判斷她。她的偽裝充滿破綻，但沒關係，她應該自己承擔。
林漫雪知道，可是她會裝作不知道，這樣她才有辦法安心地活下去吧。

這樣她才有辦法安心地活下去吧。

她感受到沈晨用力地擁抱她，一直以來他的擁抱都是溫柔且緩慢的，這次卻來得太過猛烈和急促。
她在他的懷裡默默流下了淚，安靜得小心翼翼，深怕他發現一切不對勁。

她的記憶慢慢清晰。
連同她的痛苦一起。

7

她常常會夢到那個對她糾纏不清的惡夢。
還有徘徊在她耳邊清晰的一聲聲對不起。

夢裡的她在黑暗的密室裡不斷敲打四面的牆壁，力氣大到雙手都流下鮮紅的血，混雜空間裡的陣陣惡臭，瀰漫著整個空間，使她一次又一次窒息的作嘔，但強烈的求生意志告訴她，她可以活下來。
四周都沒有光源，她好怕黑，她慢慢坐了下來，放棄了掙扎，感到無比絕望。
突然遠處有個陌生的男孩走了進來，在她的身旁坐下，口中喃喃自語著什麼，雖然視線漆黑，但她仍然可以看到他臉上閃爍的淚珠。

他是誰呢？

然後她就醒過來了，每一次，她都記不清那個男孩的臉。
她只記得陣陣熟悉的薰衣草香，是她唯一的氧氣。

她可以忍受所有人對她冷嘲熱諷、對她惡作劇，她也可以忍耐每次被撕爛的課本和充滿塗鴉的課桌椅，甚至她也能原諒四處散播她謠言的人。如果她的寬宏大量可以換取生活的平靜，以及不要讓心愛的人擔心，那麼這些她都甘願獨自承受。
她從來沒有告訴過沈晨，有多少人討厭她，多少人在針對她。她活得好辛苦，有時候連自己的朋友都會害怕惹是生非而疏遠她，所以多少次她都假裝神采奕奕地跑到他面前，吞下所有委屈，講著她捏造的一些生活美滿，只怕他會擔心。她相信，只要能靠近心上人，這些挫折都只是綠豆芝麻的小事而已。
她可以忍、她可以忍，總有一天會終止的，只要等到畢業那天，只要等到那天。

然而，她不知道自己的忍耐反而換來一次又一次更殘暴的對待。
她們為了自己，可以無條件地摧毀討厭的人。

那一天，她原本是坐在教室等沈晨的社團練習結束。傍晚了，整個教室只剩自己一個，她莫名感到很不安，眼皮不斷跳動，但是心裡還是一直告訴自己，等會就能見到他了，只要再撐一下下。
她起身去了趟廁所，想到等下放學約好要一起去巷口那間好吃的麵店約會呢。她要先好好準備一下自己的儀容，哪怕只是一頓晚餐也不能馬虎。

可是她後悔了，她一進門，就被後面的人粗魯地摀住嘴，身後有人在緊緊拽著她臂彎，把她拖到旁邊故障許久的殘障廁所，鎖上了門。
她被用力地丟了出去，一屁股跌坐在地，疼得她眼眶泛紅。一睜開眼她才看清眼前的女人們，惡狠狠地瞪著她，像是恨不得置她於死地。

她們瘋了。她腦子裡第一個閃過的念頭便是如此。
她很害怕。
可是更害怕的是，她知道自己逃不過了。

沈晨，你會來救我的。
你一定會來的，對嗎？

那兩個女人架著自己的手，限制了她的行動，她不斷嘶吼，朝著空氣拳打腳踢。她害怕極了，可是她知道這樣根本是徒勞無功，因為這個時間不會有人經過這裡。
那個女人蹲下身毫不留情地賞了她幾巴掌，熱辣辣的在她臉上，她眼淚都流了出來，還是緊咬著下唇頑強地想要抵抗。
這不是最可怕的。

那個女人隨即從門外叫了兩個身材魁梧的男人，襯衫半開，嘴裡還叼著菸，大搖大擺地走到她面前，玩味地盯著自己瞧。
她感到渾身發寒，顫慄不已，她能想像後面會發生什麼。可是她卻什麼都做不了，她阻止不了惡夢的發生。

他們殘暴地一手撕破她的制服，扯下她的裙子。林漫雪只要哭吼和掙扎，就會被身旁的女人以巴掌教訓。
他們架開她的雙腿，無情地侵犯了她。

她永遠都忘不了男人臉上多愉悅、多得意的笑容，令她噁心到窒息，他們一遍遍地折騰著她，她卻無力抵抗。

她好恨自己，更恨眼前這些道德敗壞的魔鬼們。
她感覺到下體被撕裂的感覺，頭髮被其他女人給拉扯著，一次又一次，她彷彿麻木到分不清疼痛來自身體何處。
她哭了，從小到大都不曾掉淚的林漫雪，哭得喉嚨都啞了，卻還是無法阻止這些魔鬼停下對自己的酷刑，只能任人擺布。

她不知道時間過了多久、她不知道自己在哪裡、她不知道為什麼發生。
她不知道……
眼角的淚已經乾了，她一句話也說不出口，模糊的視線中已經看不清那些男人跟女人了，他們離開了、他們離開了，可是她還是渾身發抖，小身子縮得緊緊的，躲在黑暗的角落。
會有人找到她嗎？會有人來救她嗎？

不會了吧，不可能有人能找到她的。她現在這副樣子，誰都別看見最好。

這是她第一次感受到，世界是這麼絕望。

最後林漫雪閉上了眼睛，停止了想像。
倘若一切都沒有發生，她還是會相信初晨的日子，還是有陽光會溫暖自己冰冷的身軀。

8

第一次是充滿藥水味的醫院，而這次是人聲吵雜的診所。
她的眼神有的只是空洞和絕望。

沈晨安靜地走在林漫雪的身旁，一臉垂頭喪氣的模樣。
從前很愛笑的兩個人，一夕之間只有沉默。

「其實我可以自己來的，你不用特地請假陪我。」林漫雪率先開口，頭低低的，像是害怕對方看見自己的表情。
「這幾天我會照顧妳。」

他看著林漫雪緊緊的握住手裡的白色藥丸，整個身體都在發抖，那是多令他悲痛欲絕，他恨不得能替她受苦，只要能減少她的一點疼痛，要他貢獻出生命他也願意。

許久，林漫雪抬起頭，專注地看著眼前的男人，發紅的雙眼泛著淚水，她問他：「吃下去之後……我就能結束所有錯誤了，對嗎？」

林漫雪歛下眼，倒在他的懷裡，用力得像是要把全身的痛給掏乾淨。

——對不起，但是媽媽不能讓你留下來，你的出現是我人生的錯誤。

他沒有說話，跟著哭了。

——對不起，讓妳受苦了。如果一切能重來，我希望我們沒有愛過。

9

林漫雪轉學了。

有好一陣子，她足不出戶，從早到晚都開著家裡所有的燈，把自己關在房間裡。

沈晨會照三餐帶食物來給她吃，他知道她不能缺乏營養。也因此從沒有缺曠紀錄的他被老師列為特殊關心的對象。

那不只是她的地獄，也是他的。

沈晨看著林漫雪每日都不吃不喝，即便逞強吃了幾口也是馬上跑到廁所催吐。許多時候她都像沒有靈魂的木偶，叫了好幾聲她也聽不到，她的眼神總是放空，連走路都會搖搖晃晃。

她已經好久好久沒有笑過了。

他真的好想念那個充滿笑容、精神煥發的林漫雪。

沈晨把粥給打開，舀了一口，小心翼翼地將它吹冷之後，遞到她的面前：「今天還是努力吃一點吧，是妳最喜歡的皮蛋瘦肉粥，我們漫雪最棒了。」
林漫雪動也不動，沈晨放下了湯匙，低頭無奈地笑著。「沒關係，現在不餓，那我們晚點再吃。」

已經好幾次都這樣了。
林漫雪緩緩回過頭看著他的身影，眼睛湧上一陣酸楚，她張開蒼白的唇，用著乾澀的聲音喊著他的名字。「沈晨。」
他一怔，已經好久沒有聽見女孩說話了。他摸了摸她的頭，溫柔地問：「怎麼了？」

「遊樂園的摩天輪，我們沒有搭到。」

他想起，那天為了能在摩天輪上欣賞夜景，所以他們決定把摩天輪當作一天的完美結尾，卻沒料到排隊的人潮非常多。那時，林漫雪拉了拉自己的衣袖，笑著說：「沒關係，這樣才有機會再和你來一次呀。」於是他們抱著遺憾，折返而回。

聽她這麼一說，他忽然就熱淚盈眶。
他點頭，向女孩承諾：「等妳想去，我們就去。」

10

沈晨專注地為面前的女孩綁辮子，表情是無比溫柔。

林漫雪正對著鏡中的自己左看右看，說道：「我的頭髮太短了，綁辮子已經不好看了，我們要不要換一個？」
「怎麼會？妳一直都很好看。」沈晨一邊忙著手上的動作，一邊回答。
林漫雪還是不滿意這個答案，一臉不服氣的模樣，連眉毛都擠成一團：「少說這種客套話了。」
「可是第一次去遊樂園時，妳也是綁著兩個小辮子。」沈晨一說，林漫雪若有所思地想了一會，覺得有道理，便安靜了。

那件事過後，所有人都沒有再提起過關於那年夏天的隻字片語。
這彷彿是他們心中絕口不提的秘密。

那一天之後，他想了又想，才恍然大悟第一次在醫院清醒的時候，她並沒有失憶。但是他並不想戳破她善良的謊言，他知道他的女孩個性好強、善解人意，當時她會選擇這麼做，是因為想保護自己。然而，經過長久的陪伴，她也漸漸地在恢復，說不上是好起來，但至少她可以再次露出有著淺淺酒窩的漂亮笑容。甚至，他們有著共同的默契，知道這是他們為彼此保留的一種溫柔。

他再一次牽著女孩走進遊樂園，有個小孩從他們面前奔跑而過，突然就跌倒了，之後哇哇大哭了起來。林漫雪鬆開他的手，著急地跑到小男孩的身旁蹲下，一邊從包包裡拿出OK繃為他貼在破皮的膝蓋上，一邊輕聲哄著他。
沈晨走近，才聽清女孩在講什麼，可愛得令他不自覺地笑了起來。
「不痛不痛，痛痛飛走了。」

這畫面和話語彷彿很熟悉。小時候的林漫雪很調皮，總是到處東奔西跑、爬上爬下，每一次她受傷時自己也是這麼安慰她的。

小男孩的媽媽匆忙地走到他們身旁，向林漫雪道謝後便牽著孩子走遠。
林漫雪拍了拍裙子，看著孩子的背影嘆了一口氣，喃喃自語道：「不知道他有沒有怎麼樣。」
他跟著她的視線看向那道背影，感性地回答。「小時候的漫雪也是這麼堅強，現在也是，他肯定也會的。」

林漫雪回過頭，失了神地看著認真在思索些什麼的沈晨，心裡的傷痛此刻似乎被撫平了一些。
良久，她主動牽回他的手，藏不住笑容。「說得也是。」

11

沈晨，謝謝你。雖然或許現在的我還不能完全原諒自己。
儘管知道你是個這麼溫柔的人，但心底還是忍不住害怕你會選擇放棄我、厭惡我，最終我們會變成兩條平行線，而我也會永遠活在痛苦的深淵，血肉模糊地死去。

然而，這一切都沒有我想像的可怕和絕望。你是陽光，你遠遠超乎我想像。因此我相信我始終會好起來，就算好不起來，你也會寸步不離地在我身邊守候我。
你是這樣的存在。是這樣堅定而不可或缺的存在。

還有對不起，曾經我以為愛是無堅不摧，今後卻是我辜負你。
在生死以及命運面前，我們渺小得不足為道，然而我們只是用力地在空隙間求生，還必須依賴華麗卻飄渺的諾言來證明自己的偉大。

我永遠是那麼懦弱和渺小，所以才需要濫用你的溫柔。
因為我知道你會一直愛我，直到世界終結。
如果有天我們都嘗遍孤寂，我會陪你一起死去。

—— 一輩子在一起。
這是我能給你的至死不渝。

12

「Let life be beautiful like summer flowers and death like autumn leaves.」——Rabindranath Tagore.

Chapter 3

和好

月亮裂開了，但是破碎的光芒點亮了整個宇宙，

好像看見自己和你，沒有悲傷和憂愁。

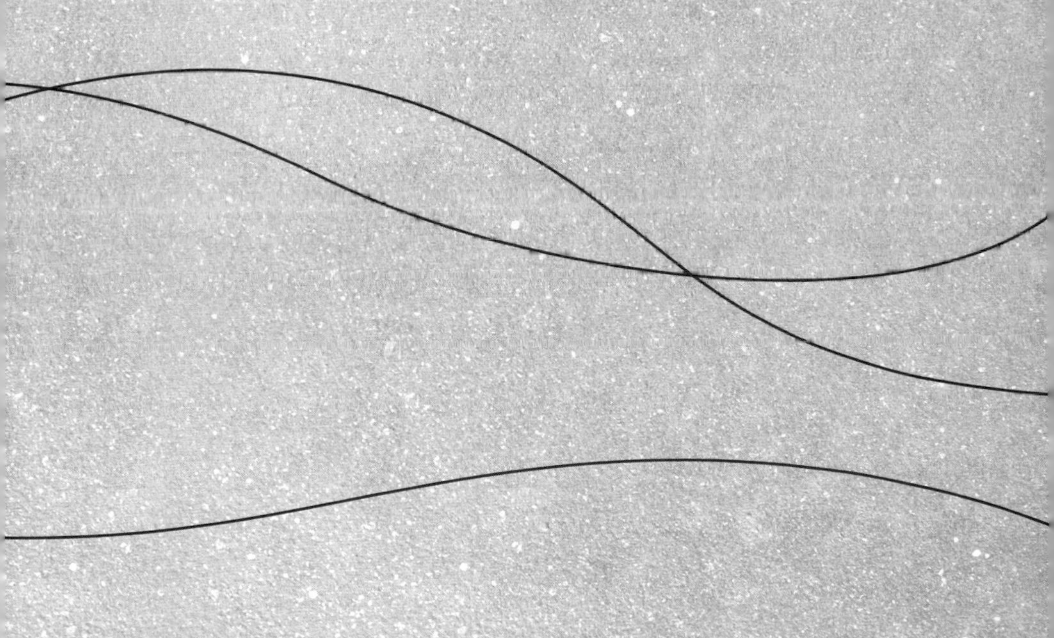

念念而別

——「有些離別是不用說再見的，留下來的遺憾和期待才顯得珍貴。」

我家附近的公園總是有很多流浪貓，我不清楚貓的品種，也沒有仔細研究過，但知道牠們都有很漂亮的毛色。其中最常見的有兩隻貓，橘色的貓總是膽小，對外界聲音敏感，只要人類一靠近，牠就會躲得遠遠的，而黑色的貓總是一副高高在上的神情，牠的眼神銳利，不愛撒嬌，卻也不怕生人，牠有一雙白色襪子，那是牠最大的特色。

我很喜歡牠們，儘管回家的路上我不需要橫越公園，我知道那會多花上我五分鐘的時間，但我總是為了見牠們一面而刻意繞進公園裡頭。

有的時候，我也會去便利商店買一罐貓罐頭，店員會心照不宣地遞給我紙碗和湯匙，然後我會去公園親近牠們、和牠們說說話，只有在這時候牠們願意對我釋出善意，等到牠們吃飽了，我就默默地收起地板上的垃圾，不告別地離去。

我總是覺得，不期而遇才是最珍貴的相遇。

所以我不和牠們約定我再回來的時間，我也不會每天準時地出現，我想牠們也不會抱持著等待，這樣的關係是自在且安心的。

不知道牠們在這裡過得好不好？開不開心？每天有沒有吃飽？今天又去了哪裡散步呢？
雖然牠們是流浪貓，但牠們一定也在四處結交了不少朋友，看牠們悠哉愜意的模樣，我想，說不定牠們的生活比我更為豐富自由也說不定。

後來，因為住院的緣故已經長達一個禮拜沒見上牠們，一出院我就去公園走了一遭，但四處都沒有見到牠們的身影。
也許只是我來錯時間了。之後的每一天，星期二、星期三、星期四……牠們都沒有再出現過。

去更遠的地方旅行了嗎？
我把罐頭收進背包裡，無奈地笑了笑。真是連離開的問候都吝嗇，這麼乾脆地就離開了。但我知道，無論去哪裡，牠們都有辦法過上好的生活，無論在哪裡，都會有人照料牠們、關心牠們，如同我一樣。

就和我生命中有些悄然離去的過客一樣。
他們走了就不會回來了。他們曾在你的生命留下無可取代的深刻，可以是每天一閃即逝的想念，也可以是輾轉難眠的心事，但結局並無不同。他們離開的時候從不拖泥帶水，悄聲無息，就像他們到來時一樣。

我也正在珍惜著每一個來到我生命中的人，不用倒數他轉身的時機，只要記得每一個當下都是彌足珍貴的相遇，那樣我們之間就沒有悲傷和小心翼翼，因為在未知面前期限都是永遠，離別是無跡可尋。

我欠你一句再見。我們沒有再見。

不過這樣也好，只有遺憾能讓我長時間惦念你。

幸好我還能安慰自己
正因為生命有殘缺
所以才能遇見你

還給你

——「我把自己的全部給了你，那不代表我想要從你那裡得到一模一樣的付出。只要你肯給我一點點溫柔，哪怕只是一點點，我也會是全世界最幸福的人。」

說來也不怕丟臉，我談過很多場戀愛，但始終都沒有開花結果。

十七歲，那本來該是所有高中生要迎接一場戰役的年紀，成天與書堆為伍，但當時的我卻在和一場三年的戀情告別。嚴格來說，是我被遺棄了，是對方不要我了，那是我第一次切身體會到「失戀」是什麼感覺，好像過往的戀愛只不過是百無聊賴的家家酒，而只有這次的戀愛是刻骨銘心的美好電影。

這件事對我的打擊十分重大。那好幾個晚自習的夜，同學們在教室裡點燈，專注的為自己的前途做準備，我卻躲在黑漆漆的樓梯間，用流不盡的眼淚給自己取暖。其實，我很羨慕他們，知道自己的未來是什麼模樣，但現在的我連一個最基本的雛型都沒有。失去了他，我不知道我還擁有什麼。

那些日子很難熬，每天的精神狀態都糟透了，上課時間也是魂不附體，還會不自覺地淚流滿面，連老師都來特別關心我的狀況，甚至規勸我應該請假回家好好休息，看點卡通讓自己開心、或吃點甜食，別老是沉醉在痛苦的回憶之中。
我做不到、我做不到、我做不到。

憑什麼快樂時是兩個人共享，痛苦時卻是我一個人承擔？
我真的做不到⋯⋯

我不斷思考自己是不是做錯了什麼，才會釀成這一場意外的錯誤。
如果不是我哪裡不夠好，你為什麼會想要離開我？你為什麼不要我？我不分晝夜地在想念你，卻不知道現在的你是不是已經安穩入夢，那我呢？我怎麼辦？
你不能連離開都這麼自私，好像我們倆不相欠，所以你一走了之，連回頭的施捨眼光也吝嗇給我，你不能自己要離開，還把我的快樂一併帶走。

你要什麼我都可以給你，只求求你，求求你到我身邊來擁抱我。

不僅是師長，連身邊朋友也特別擔心我，他們說的所有道理我都明白，可是沒有人能對我的遭遇感同身受。我們是不同的靈魂、活在不同的軀殼裡，所以他們不能體會我的宇宙正在分崩離析。這個世界本來就不該存在感同身受，那都是自以為體貼溫柔的藉口，我不知道除了自己，還有誰可以讓我信任。
如果他能明白，他怎麼捨得不要我？我拿全世界換一個他，為什麼不可以？

後來，我的悲傷到達了極點，連自己都不堪負荷，被要求去輔導室特別約談。我一直很排斥跟外人說自己的事情，但這次不一樣，我希望說得越多越好，這樣殘留在我體內的悲傷就越少，我可以一天一天慢慢地清除乾淨，就不用再被這副身體束縛。

我一點也不緊張，面對掛著和藹可親笑容的輔導老師，我能流暢地把我的不愉快傾訴乾淨。只是不知道為什麼，每每提起他，我的淚腺就像是被按下啟動按鈕，無法自拔地流著那些讓我痛苦的黑色記憶。

老師一語不發，一直到我們之間有了沉默的頓點，她收起了臉上原本溫柔的笑意，認真並且肯定地問我：「妳說妳愛他，所以妳什麼都可以給他，對嗎？」

這豈不是廢話。我當然都能給他，只要他想要，就算要我到天上摘星星，我都願意摘給他。

我毫不猶疑地點點頭，她接著說，她說的每字每句都摔碎了我心裡甜蜜的美夢，在我腦海裡不停的回放，像是要將我整個人給淹沒，她問我：「那他想要自由，妳又怎麼不能給他？」

他想要自由。
他想要自由。
他想要自由……

那句話彷彿是在為我們的交談畫上句點，完整並窒息地，我連看著她的眼睛，堅定地說一句「我可以」都缺乏力氣。
原來不是所有東西我都給得起。所以他才不要我。

現在我還給你自由。如果很久以後的某年某月某日你再想起，已經抓不回那飄向天際的氣球了，太遲了，它早已和我們的愛一起蒸發消逝了。我再也見不到它了，但我知道它永遠在那裡，我抬頭就能一眼認出，那是我們相愛過的證明。

我還給你自由，也還給了我自己一片天空。儘管在那裡，只有寂寞和我相依，但沒關係，我知道總有一天，你也會懷念被愛的快樂，只是那時候，我們再也不能擁抱彼此，是我們都學不會對彼此溫柔，這份寂寞我們都責無旁貸，要各自承擔。

你走得越來越遠了，你也越來越靠近自由。
我知道你很快樂，即便那裡沒有我。

灰燼

——「我在谷底不畏風寒，只為你而堅忍地綻放，你卻沒有留戀過我的美麗。那個時候我才明白，愛和不愛，終究都是你的灰燼。」

你過得很好。

這是真的，你過得很好，沒有了我之後，你仍然過得很好。
或許我真的應該為你開心，為你的成長和前進而喝采，我也該檢討自己為什麼總是徘徊在我們曾經留下無數回憶的角落，並不是在這個經緯度裡我才能呼吸，可是唯有這裡才會讓我安心。

我看到你在那家法式餐廳打卡，照片裡頭是一雙鑲著水晶指甲的纖纖玉手、裝著紅酒的玻璃杯，感覺它每一次的劇烈晃動都會使人意亂情迷，昏暗的燈光增添了曖昧的氣息，那是我隔著螢幕都能感知的，這是你第一次帶我約會的地方。這本來不應該是我能看見的一張照片，因為你已經屏蔽我，照理來說這些都是你想隱瞞我的秘密，粗心大意的你卻忘記我擁有你的密碼，我可以輕而易舉地翻閱你的現在。
你不願意昭告天下的美滿，現在正赤裸地擺放在我的啤酒旁，那是我的下酒菜，苦澀而乾癟，是我們沒有辦法滋潤的以後，無論多少酒精都不能麻痺我們之間的問題，你還是你，我是我，我們注定不會成為一體。

我差點忘了，你的天下是我，你不願意昭告的只有我。

你過得很好，我看到你最近更新的一則自拍動態，有七十二人觀看，有四個女生兩個男生稱讚你，後者是你曾經介紹給我的你的好哥們，前者都是我不認識的，也許離開我之後，你的生活圈變豐富了，那也是我在見不得光的地方才能小心翼翼地參與其中。
你永遠看起來這麼年輕、這麼陽光，笑容比驕陽熱烈，有多少人會因為這勾人的弧度而淪陷，曾經我也是其中之一。你的美好，並沒有因為失去我而有所差別，一顰一笑都不減你的容光煥發，讓我不禁懷疑我是有多大的勇氣願意做你身旁的陪襯品，彰顯著你的無與倫比。

你為什麼能過得這麼好？
好得像，我從來沒有在這個笑容底下倖存過，更從未看清你的所有神情，分別的擁抱只是我幻想的一場喜劇。
好得像，我們從來沒有愛過。

可是啊可是，我是費盡了多大的力氣，才能在向旁人說起時保持得體的微笑，還有眉毛的角度、熬夜的眼圈、眼神的交會，都要佯裝成不被拆穿的謊言，又像是不會瀕臨死亡的波瀾不驚。我是誠實的，我是誠實的，可是，我要怎麼解釋聲音裡的顫抖和四肢的冰涼，怎麼說明我曾經荒謬地窒息在你的擁抱裡，或是忘記我們之間的時差沒有對我公平。

我把關於你的六千五百七十三張照片全部刪除，等待二十九天後它會還我一塵不染的自己，也把你的聯絡人名稱改成最陌生的、十年後看見都會皺起眉頭的那種，我可能今生會遇見無數個Danny，那些都不會再像你。
我從來就不逃避你的話題，我要洋洋灑灑地說著關於你，就像我不是被你遺忘的選擇，是我才控制了決堤的淚水。我會瀟灑地自己去看你喜歡的那部電影，也不避諱和長得很像你的男人吃一頓交誼的飯，我不會假裝生疏親吻時的姿勢和位置，這一切都要發生得恰到好處，就像我從未失去過你。

然後我就可以若無其事地生活下去。
是嗎？是嗎？和你一樣，若無其事地生活下去。

我知道，沒有人會在乎我做多大的努力來忘記你，或是留戀你。
就像也不會有人在意流言蜚語的事實，究竟是我離開你，還是你選擇轉身離去，把我和傷心徒留原地。

分開後，我們擁有的一切，無論是鮮花還是諾言，都沒有意義。你仍然會給下一個女孩一模一樣的驚喜，她會笑得和我一樣眉飛色舞，也不會在意，過去你吻過多少唇、填滿過多少眼光。
這些都是一樣的，包含我愛你，包含那些我們共枕過的夜晚和體溫，都是沒有清醒過的夢。

也包含一無所有。

是不是不擁有就不會失去
可是怎麼一無所有後
快樂——不能被允——許

說書人

——「說書人把長長的故事遺留在人間，那是因為他害怕
來生找不到一點記憶。
他害怕被忘記。」

我坐在臺下凝望著臺上說得滔滔不絕的主講人，他正說著他從逆境而生的經歷，而我的目光卻落在他的西裝和領帶既乾淨又整齊，他的每個動作和表情都很純熟，這種恰到好處的體面，像是數不清這是第幾次發生在他生命中，連他的傷心都在反覆地消磨。他開始說他的故事，但他已經不掉眼淚。
人們誇他勇敢又堅強，但我只覺得，他是已經忘記了那份傷心，彷彿正說著別人的故事，再也感動不了自己。

回家的路上我把腳步放得很慢很慢，想看清每個從我身旁經過的陌生人他們真實的樣貌，但每一個人都裹著一副厚重的面具，那是安全的保護色，不容許其他人的窺探。我開始思考，這裡面會不會有人和自己曾經有同樣的境遇，或是他們經歷過更驚滔駭浪的傷悲？那又有多少人心疼過、在乎過、好奇過他們的故事呢？就因為他們只是個平凡的人，所以他們身上的故事就不存在價值嗎？

我們每一個人都是一個故事，等著誰讀起時感動落淚，永遠捨不得翻下一頁。那些悲喜交加的日子、那些你學不會的瀟灑、那些你引

以為傲的年華，都牢牢地被裝載在你狹窄的心上。這一生是這樣的，我們學會紀念和告別，學會感慨和懷念，也學會接受自己新的面貌，那些你不愛的碎花洋裝，如今看起來卻動人典雅，我們總是在學習成長。

你永遠會記得如此短暫的時光裡，經歷了無數的大風大浪，漫漫旅途，那些面臨告別的分岔口，沒有人說要陪你一起走。

我們都是各自的故事啊，終歸是各自。

後來，我們各自寂寞，各自成為疏離的心事，像是閒置在書店角落那本無人問津的小說，所有人都吝嗇給你眼光，你的複雜、多情、深奧、虛假與真實，都是不被讀懂的歷史。

我不願意向你說我的故事，我有太多的故事，只要不提起，就能被忘記。

再生光

——「你是熠熠生輝的月光，我是你身旁璀璨無比的星光，這是天空最動人的存在，你和我。」

我是個太沒安全感的人。
當然這不能成為約束一個人多愛自己一點的藉口，更不能成為要一個人留下的藉口。我因為這樣被愛過，也曾因為這樣不被愛過。

後來的日子，我不斷的在練習該怎麼成為一個「有安全感」的人，改變的過程肯定是辛苦的，所以我上網查了好多資料，有的說要更愛自己、有的說要獨立、有的說要自信，之後，我不斷地提升自己內在，讓自己由內而外地散發屬於自己的光，也開始學習怎麼一個人時不害怕孤單，甚至去尋找自己的興趣、培養自己的喜好、訓練自己的才藝，什麼我都用行動證明過了，也學著不再去依賴、不再去爭吵、不再去計較、不再那麼愛哭。
在這個過程裡，我能強烈地感覺自己的成長，卻也強烈地感覺自己正在流失，變成一個我陌生的、截然不同的自己，然而我卻不曉得這是件值得喝采還是悲嘆的事情。

我想起我的男朋友，他是個很溫柔的人，也是個很會傾聽和觀察的人。他的心思很細膩，和我遇見過的任何男孩子都不同，有的時候，我還會調侃他比我還要像是個女孩子。

我總是問他為什麼會愛上我，我不覺得自己身上有什麼與眾不同的優點，甚至論起缺點可能更多，這樣不完美的我，是哪裡吸引他的？我會這麼好奇和疑惑，那是因為我心底仍然害怕，他會不會知道我的不完美，就選擇了離我遠去，所以我把自己難堪的一面毫無保留地顯現在他的眼前，算是對他、也對自己的一種考驗，沒有想到他不但沒有退卻，反而勇敢地走到我面前，告訴我，他愛我，愛這樣充滿著不美好的我。
然而這個問題，他給我的答案卻是：「我覺得妳很好了。」

要怎麼樣，才能讓一個人得到自信呢？我花了好長的時間去訓練自己，卻總是覺得自己缺少了某一部分的勇氣，我仍然會膽怯、害怕，沒有辦法在所有人面前抬頭挺胸，但是他讓我找回我缺失的那部分的自己。
原來，要得到自信，是要被愛的人、重視的人肯定。

我可以放心地在他面前顯露無遺，輕鬆自在地做我理想中的自己，不用畏懼旁人眼光，不用符合大眾所期待我成為什麼模樣，這不是任性，而是找回真實的自己。一直跟著他人的聲音隨波逐流的我，有一天終於也能問自己喜歡什麼，我不必因為潮流而穿上那不適合我的花花綠綠洋裝，我可以穿上我喜歡的牛仔褲。

我也可以不用害怕他會在午夜十二點就消失不見，他不是灰姑娘的玻璃鞋，也不是南瓜馬車，他可以不用給我山盟海誓，我就能相信愛不是海市蜃樓。我根本不用定位他的所在之處，因為我知道他會在前往我的路上，我也知道他正在為了我們變得更好。

我可以不用在他面前強顏歡笑，因為他會識破我那些拙劣而不自然的笑容，他會擁抱我的脆弱和不堪，把我藏在只有我們兩個的被單下，只有他會看見我的眼淚，他會珍惜我的眼淚，他會懂得心疼我的委屈和辛苦，我不必再一個人緊咬著牙，捱過那些無人問津的寂寞。

我總是在想，該有多好，能遇見一個陪你共度餘生的人，他比你的心事都更明白你、也比你的呼吸更珍惜你，他讓你什麼都不用去想，只想著愛。
你一定是全世界最幸福的人吧。你的王國只有煙花和糖果，他幫你種下你愛的滿天星，你只要記得賞花，他也幫你縫好舞裙，你只要記得穿上屬於你的它。

你總是在懷疑這個世界對你不公不義，所有刀山火海都要你獨自承擔，讓你不得不成為一個堅忍不拔的人，要你有像金石一樣的鐵心腸，不可以對外界服輸，但遇見他，你才發現你也可以成為那個被心疼的，而不是那個總是扮著黑臉的、被人嫌惡的，你可以放肆地把自己的一切交付予他，和他一起面對這個世界向你拋下的每道難題，他都不會棄你不顧。

他這麼的在乎你，他讓你相信所有的遍體鱗傷都不是絕對的苦難，讓你知道這些痛徹心扉的日子，還有他陪你一起心力交瘁，他會陪你找到重生。
他就是你的重生，親愛的，他會還你只懂得善良和愛的一生，那些眼淚和孤寂，都不再是故事的續章。

很多人說他們都沒遇見這樣的存在，在他們的生命裡，只有不見天日的黑暗。但其實不是，就像生命從來就沒有絕對的答案，我們一生會有無可計量的相逢和離散，甚至無法確定誰才是真正會留下的，有些人對自己好，不見得他一輩子都會陪伴你共度一生，他只是竭盡了他短暫的心力，來溫暖你的世界，過了之後，他就會還給你天寒地凍，讓你再去尋找下一處陽光。

誰先來到、誰先離開，這一點都沒有不公平。我們也是不停地和過去的自己告別，才能迎接新的自己，總有人說，我們的心臟就這麼大，有些人走，有些人才進得來，所以放心地讓他們離開吧，會有更好的人來愛你。

如果你已經忘了愛與被愛的感覺，你把心封閉在高塔裡不允許其他人接近，我知道那只是因為你想要保護自己，這樣的你其實一點也不可惡，你不壞，你也不殘忍，沒有人害你成為你厭惡的自己，你也不必為自己感到羞恥或嫌棄。我們能不能就勇敢一點，奮不顧身地去浪費這一生，想愛的時候去愛、想哭的時候就用盡全力去哭、想恨的時候就毫不保留的恨、想見一個人的時候就去擁抱他、想告別的時候就不要假裝大方，我們過我們想要的人生，一點都不難，難的是你願不願意。

從今天起，我們就勇敢地，勇敢地做一個自信的人，拋棄那些不安全感和不想要的人生，去尋找你要的快樂，可能它就近在你的眼前，你只要伸手就能碰見。

勇敢地去愛吧，勇敢地，這個世界因為有愛，所以安全。

答應你。
前往更長遠的餘生
我們都要練習喜歡自己

和好

——「感謝命運讓我留在這個世界，讓我豢養花和陽光，
背負著歌和希望。」

1

曾經，絕望和苦痛是我的糧食，夜幕和閃電是我的生活。

這一切讓我感到真實，無論是過度的潮溼還是太濫用的負值，越接近極端的便越接近真實的我。然而你們有的快樂和激昂都與我毫無瓜葛。

我也從來沒有想過這些零散的形容，會下落不明在我的世界中。畢竟是我賴以生存好幾年的習慣，不可能說不見就不見，它們如影隨形地跟著我，像是個甩不掉的小偷，把我的靈魂一點一滴地瓜分走。

所有人都認為這是崩壞的開始，沒有人想過這是救贖的開端。

我學會寫字和唱歌，畫圖和跳舞，然而這些對我來說都太過輕而易舉。就像我可以決定愛誰不愛誰，從來無人能干涉。我的自由是毫無止盡的揮霍，伴隨著即將消磨殆盡的宇宙，我可以逃亡到新的國

度，豢養我的花和陽光。
我是太過浪漫和夢幻，所以才被喜歡。

就像命運，太過貧乏和殘酷，所以才被討厭。
這一切卻不能與我無關。

2

有一次生日，我許了一個再庸俗不過的願望，然後還庸俗地聽信傳說，放在心裡不敢言說。
我說，我要我的人生可以快樂。

每次當生日過後，都沒有人會再過問我的願望，當然也沒有人會替我記得，連當事者都不放心上，那也不過是每年應景的流程之一，並不是真的這麼重要且慎重，很快會隨著時間流逝而變成無用的日曆或發黑的蘋果。

什麼時候才會想起呢？大概是覺得生活與願望反向而行時，才會意識到自己的荒唐和迷茫，像是日復一日地抱怨下雨的天氣和舊報紙的枯燥。

人們大概只有失去時才會不斷地感嘆和悲泣，當他們擁有的時候他們總是忘記感激，安逸而毫不虧欠的狡詐生活。

我也是。
我總是在怨嘆生活的不公，責備命運的苦難，以及討厭所有背叛的願望。
所以長大後我再也不許願了，這樣我就不用記得我曾經對此有過期待，然而總是落空。

3

高中的那一年，我收到了人生第一個Louis Vuitton的肩背包。
可以說是每天愛不釋手地背著出門，從前我也有的欽羨眼光，現在終於可以不用畏畏縮縮地巴著眼瞧。

在我的世界裡，名牌是高尚的，它等於所有華麗和絢爛，它是物質的極端。
我開始崇尚著這些精品，好像缺少了Gucci、Chanel、Prada或Hermes，我就會極度不安，彷彿自己是裸露的貧窮，我一無所有。
而我也必須靠著打扮，每天為自己畫上一個三十分鐘的精緻妝容，才有勇氣踏出家門，迎接陽光，對我來說那是一層緊密的防護網，能隔絕所有我對外界的恐懼和害怕。

我的同學說，那並不適合我。十八歲的我，應該要是穿著隨處可見的黑色格紋裙和日式燈籠袖襯衫，來襯托我的青春洋溢，而非是Pandora的手鍊或是Tiffany&Co的項鍊，還有無數名牌包，來填充我的青春年華。

其實我也知道，我進入這個世界還太早。我應該背著樸素的黑色背包，裝著課本和筆袋，不是僅有化妝包和香水才能代表我的一切。然而，我卻害怕自己的平凡和簡單，我害怕自己和眾人一樣而失去自我，我要獨特、要唯一、要絕無僅有，所以我總是醒目而不被理解。

我知道，我沒有更快樂。
我離我想要的自己越來越遠，我越來越不知道什麼能令我快樂。

4

我也曾經有過絕望，那種鋪天蓋地、無處可逃的絕望。
我也有過死裡逃生，和最黑暗醜陋的想法。我曾經也把自己活得不像我。

可是後來我感激命運，我感激它讓我活了下來，讓我重新尋找意義。
我們擁有與生俱來的獨特，儘管這世界有七十六億人口，但仍舊無可取代我，我的細胞和故事、我的想法和神經，都是不能被模仿和複製的。

或許喜歡新的生活並不是這麼的難，適應新的我也只是遲早。

那些哭泣和顫抖、失落和偽裝，都會被時光帶走。
然後，明天開始，我也會喜歡新鮮的蘋果和不再泛黃的書。

那麼就可以重新來過。

5

感謝命運讓我留在這個世界，讓我豢養花和陽光，背負著歌和希望。

長夜

——「我把傷心打包去另外一座城市，然後帶著陌生的我回來。唯一不變的是我的孤寂還是與我相伴，它是我最忠心的愛人。」

1

從小生活在舒適圈，在父母的關心和疼愛下長大，一直到成年我都沒有機會好好地去享受流浪，直到我隻身去了紐約療傷。

還記得那是七月盛夏，我第一次搭長途飛機，在踏上機艙的那一刻前，我都還是躊躇著，害怕這種未知的冒險，也害怕停留在原地的膽怯，所以我勇敢地告訴自己，始終要邁步向前，丟棄在每個夜晚陰魂不散的那些憂愁，我要把它帶去其他的國度，只帶一個全新的我回來這片淨土。

我拎著兩個厚重的行李箱展開了將近十五個小時的旅程，告訴自己不能哭。

在那邊生活的第一個禮拜，我很快地適應了紐約客的走路步伐，也習慣搭地鐵時的擁擠人潮。我會刻意避開那些尖峰時段，等到中午再出門，因為我知道我是漫無目的地生活在這座城市裡，那我便應該放鬆地欣賞沿途風景。
紐約的氣候很乾燥，烈日混雜著微風，鮮少可以遮陽的角落，但不減我旅行的興致，搭上地鐵後我找了一個看得見窗外的位置坐下，安靜地聆聽耳機裡的音樂和窗外呼嘯而過的景色，即使這條緞帶一般的景色每天早晚會看見兩次，但我還是記不清楚下一個轉角會是什麼建築。那些渺小的車影和人海，都幻化成我眼裡的淚珠，我忍著不讓它們輕易墜落。

我很愛這個城市，可是我好孤獨，也好害怕每當我沉默、停下腳步的時候，你就會在我腦海裡揮之不去，嘲笑我的愚昧和莽撞。

和我熟悉的臺北是日夜顛倒的，每當我看見彩虹時，你在夢鄉；每當我想念你時，你在陌生的路上，沒有記得我。
我不喜歡我們之間有時差，這份時差提醒我，我們之間隔著山南海北，你更不會千里迢迢地帶著思念來見我一面。我以為在天涯可以忘記你，但卻在海角不停地遇見你。

我真的以為我可以忘記你，在分道揚鑣時才發現我們是同個宇宙的結合。

滑開聯絡人清單，一個可以聊天談心的對象也沒有，每一句頓點都落在晚安之後，沒有可以訴說寂寞的管道，我只好藏在我狹窄的心臟裡，互相凌遲。
這裡的白天好長，一個人的路也好長，我忽然想回去抱一抱你，告訴你我們可不可以不要到此為止，我沒有辦法消滅那個深愛你的我，我終究是敵不過它在我心裡的膨脹，讓我窒息地記得我們愛過。
我希望這一切都是謊言，如同我來到紐約，來到一個陌生的城市紀念熟悉的你。

2

要多痛才能麻痺心的放肆呢？

每當我踏進時裝店，總是會特別留意男裝區，想著如果這件衣服穿在你身上該有多好看；每當我吃到這個城市遠近馳名的美食，我都想要第一個與你共享，但你不坐在我對面時，再昂貴的龍蝦堡我都食之無味；每當我看見布魯克林大橋的夜景、空無一人的旋轉木馬、成雙成對的情侶，我都想起我的左手是冰冷的，在我面前行駛而過的郵輪都比我更輝煌。
我是這樣百般的孤單，卻不能和你誠實。

第五大道的奢靡、時代廣場的絢麗、中央車站的繁忙、帝國大廈的冷傲、SoHo的慵懶、Coney Island的熱烈，都是我一個人才明白的風光旖旎，難過的是，這些多不勝數的明媚都不比一個你令我難以忘懷，那是一刻感動的浮光掠影，不是我歷歷在目的淪肌浹髓。

二十張明信片，走散的我和你。

3

時間流逝如水，一轉眼我又搭上了飛往臺灣的班機，我的家鄉。
我的行李箱仍然裝得滿滿的，多了一些要分送給親友的禮品，還有一些在新城市的回憶，我要全數帶走。

初來乍到紐約的第一個月，發現天空看似比臺北還要低，彷彿伸手便能碰見雲，也發現這座城市的人率真而自由，懂得享受無憂無慮的生活，他們使我覺得單穿著Calvin Klein運動內衣在外也不會被貼上裸露的標籤。在悠閒的午後人們會用歡笑聲渲染大地，隨處可見野餐、下棋、吹泡泡的身影，真實戳破了那些無趣到昏昏欲睡的夏天，這一切自由自在地發生在這片土地上。
傍晚牽著朋友的柴犬去散步，曼哈頓的夕陽是我從未見過的美麗耀眼，我羨慕起他們每天都能沐浴在這片感動之中——是這無與倫比的光暈讓人們鮮明，還是人們讓它光芒萬丈呢？

這個問題的答案我已經無法證實，但我真實地記得，儘管只是一條人煙稀少的街，也充滿著世界的顏色，彰顯著黎明後的希望，更不論這個城市。

會不會臺灣也是相同的多彩炫麗，只是一直身處於此的我們都忘記了那份感動、習以為常它的美麗。是不是每一扇窗，外頭都是發光的銀河？

下飛機之後，迎接我的是我的父母和妹妹，他們替我接過厚重的行李，告訴我下一個目的地是外婆家，我笑著點頭，加緊腳步跟上他們加快的步伐。人生就是馬不停蹄的前進，一個目的地到達下一個目的地，從來都不需要任何原因和安排。

回到家後我收拾著我的行李，都還來不及梳理我的悲傷，母親就從我身旁遞給我一張眼熟的明信片，那是紐約的夜景，是我到那邊的第一個禮拜寄給自己的信。
我小心翼翼地翻到背面，歪斜卻堅定的字跡寫著醒目的幾個字：
「旅行是為了尋找自己，重要的是過程，而不是結果。」

重要的是過程，不是結果。
你走了多遠的路，你會不會回頭看我，都不重要了，都不重要了。

從今以後，我會勇敢地與我的孤寂作伴。

我不知道

你要多久之後才能明白

時間走了，我也走了

我真的不會等你了

夜燈

——「我願意陪你年輕，再一起安靜地老去。」

1

你是夢想和遠方，我便相信愛比黑夜更漫長。

2

剛轉入這個班級，徐黛安很快的就和班上同學們關係熱絡。班裡有好幾個女孩都非常喜歡她，不光是因為她長得漂亮，還因為她的個性活潑外向。
在所有人眼中，她都是個非常惹人喜歡的少女啊。

午間，好幾個女同學圍繞著徐黛安，湊在一塊用餐，也和大家分享著自己帶的菜色，不絕於耳的讚歎聲和笑聲歡鬧了整間教室。
當所有人的便當都擺在桌上被討論時，其中有個黝黑又瘦小的女生眼神突然黯淡了下來，兩手不安地放在雙腿間，緊緊握著手中的超商麵包，她臉上的笑意在嘴角邊靜止，像是害怕隨時變成下一個討論的焦點。

徐黛安看著面前女孩的不安，她低聲喃喃說了起來：「怎麼辦啊，我最近在減肥，等等吃不完太浪費了……」當她這麼說的同時，好幾個女生都投射興奮的眼光，想要替她解決她便當裡的豪華菜色，一飽口福，然而她卻猶豫了一番，指著那位女孩，向大家說：「我決定把今天的便當分給妳了！下個機會就從她開始輪流吧！」

被點名的女生一愣，感激地笑了出來。徐黛安也朝她眨了眨眼，表示不用客氣。

她一邊漫不經心地聽著大家討論現正流行的唇膏色號，一邊觀察教室裡頭的新生，每個面孔看起來都十分親切，而且大家也都迅速交到了好朋友。學校的生活圈是這樣的，所有人都自然而然的被區分成一個又一個的團體，她也不例外。
然而她轉頭，看見了一個例外。

男孩坐在窗邊的獨立座位，低著頭不曉得在看些什麼。在所有人各成一群的熱鬧之中，唯獨他沉默地像是醒目卻華麗的孤獨畫作。
窗外熱烈的陽光覆蓋了他半邊的臉龐，他的髮梢染上細碎的金黃色光芒，瞳孔像是玻璃珠般清澈透亮，安靜得像是靜止在銀河裡的寶石，熠熠生輝。讓她不禁出了神地看著。

「黛安，妳覺得呢？」女孩被周遭的人點名，才恍然回過頭，詢問著剛剛聊到哪裡，慌忙地接話，對方又問了她：「剛剛在看什麼呀？這麼好看？」
「沒事，只是看到了閃閃發光的銀河。」

她們交頭接耳地四處張望，討論著哪裡有銀河，徐黛安靜下聲，一邊收拾著便當盒，一邊掩飾著嘴角太過張揚的笑意。
簡直是太過漂亮、遙遠，令她深深迷戀。

3

下一節是音樂課，徐黛安藉著要去上廁所的理由，獨自先跑去音樂教室。從小學琴的她，最期待的就是待會的這堂課。
還沒走到門口，她就聽見美妙的鋼琴聲圍繞在四周，她循著聲音好奇地走入教室。

那是這般熟悉的光景，讓她不禁懷疑，他是為陽光而生的孩子，所以總是沐浴在光芒萬丈之下。
他連彈琴的動作都這麼漂亮，漂亮得令她嘆為觀止，對他的演奏屏息以待。而她是他唯一的聽眾。

一直到尾音落下，她情不自禁地為他鼓掌，雀躍不已地打斷了空氣中的寧靜。她問他：「要不要和我一起加入鋼琴社？」

她的出現無疑讓男孩感到困窘與錯愕。徐黛安卻是遲了一步才發現自己過於莽撞，於是她尷尬地想要再次緩解氣氛，正當她想開口，男孩回應了她：「好。」

該怎麼形容此刻有多開心呢？她完全無法隱藏在她臉上呼之欲出的萬般欣喜。

她永遠記得這天，愛神讓她邂逅了世上唯一的奇蹟，她也心甘情願獻出僅有的美麗。

4

他有個特別好聽的名字，叫作「殷晚」。

在徐黛安認識的眾多人裡，唯有他一個姓「殷」，她便牢牢地記在心上。

有別於傳統的起名方式，總是將寄盼放在孩子的姓名之中，男孩的名字簡直是獨樹一幟、別有個性。她常常在想，為什麼不是太陽或早晨，不是英俊或卓越，反而是使用絲毫沒有意義的單名「晚」呢？與他形象天差地別的名字，實在太可愛了。

這也是第一次徐黛安如此地在意一個人。

「晚晚，你在看什麼啊？你明明也才十六歲，卻成天看這麼深奧的東西。」

「晚晚，待會我要去福利社買我最喜歡的草莓麵包，你要不要一起？你喜歡吃什麼啊？」

「晚晚，你家沒有養寵物？我媽最近總是說她想養哈士奇，雖然很可愛，可是我覺得不適合我們家，他們成天都在外面奔波，根本沒有閒暇時間可以照顧牠，這樣那隻哈士奇多可憐，你說對不對？」

「晚晚，明天我們要一起去報名社團嗎？有個學姊我認識，我們可以一起去喔！」

徐黛安把座位換到他的正前方，每天的例行公事就是回頭和殷晚說話。
但無論徐黛安如何從早到晚在他身旁不絕於耳的吵雜，回應她的都只有一片鴉雀無聲的寂靜，好像他與外界已經隔了一道厚實的防護牆，聽不見任何聲響。
最後她垂頭喪氣地趴在他的桌前，終於安靜了幾分。每當她走到了這步，她都想宣告投降，但天生固執的性格在腦海裡不斷使喚她不能就此輕言放棄。

她又提起勇氣，抬頭挺胸地再次向他開口：「晚晚，你知道剛剛數學老師出的那題回家作業的答案嗎？我算出來了！答案是A喔！」

「是C。」

少年終於開口，抬頭看了她一眼，而徐黛安還在滿臉不可置信當中，低下頭檢查自己字跡潦草的算式，還是找不到問題所在。
殷晚靜靜地看著她無比天兵的模樣，想著就算再給她十個小時她都不會知道哪裡做錯，只好把自己的作業簿翻開，攤在她的面前。
徐黛安看著上頭整齊且漂亮的行行算式，再看看自己的，頓時羞愧地低下頭去，著急地翻出橡皮擦把自己的錯誤給全部擦拭乾淨。

見她這副模樣，殷晚終於笑逐顏開，讓徐黛安又是接連錯愕，不曉得是什麼原因讓男孩不再冰冷地擺著一張撲克臉。她吞吞吐吐地開口問：「⋯⋯你在笑什麼？」
「不怎麼，就覺得妳挺可愛的。」

無數的煙花在心裡炸開，變成粉紅色的花瓣散落在她的周圍，連呼吸都嫌太過甜膩，白皙的肌膚染上一抹顯眼的緋紅。

殷晚低下頭看著自己的書，什麼話也沒說。
但是她覺得這樣真好，如果時間定格在這刻，她願意陪他一起安靜地老去。

5

他們一天比一天更親密，至少她是這麼認為的。
畢竟她有多瞭解，原本的殷晚是如何不近人情、沉默寡言、獨來獨往。在她認為這個班上不可能會有人和他做朋友時，就注定了他們的緣分將來要一起走。

從前，他總是抗拒和她走在一塊，現在他會特別放慢自己的腳步，與她並肩而行。
從前，他總是不會回應她的話語，讓她像是自言自語地在演一場獨角戲，現在他會認真地聽她說話，並適時地回應她。

好吧，可能還不是很常，但至少有從零變成一的進步，這樣她就滿足了。

不可否認，在這樣頻繁的交流和接觸中，她也漸漸確定了自己當初的悸動不是一時興起的衝動，而是千真萬確的喜歡。她真的喜歡他，好喜歡、好喜歡他。
儘管她知道，他還沒有完全的接納自己，也還沒有讓她進入他的生命中，但只要有小小的一席之地，她就會願意在這寸步不離。

就算、就算，她能接收到一點點，男孩對於自己僅止手足之情的訊號，但她仍然相信，只要努力，努力就能改變這一切。
然而有一天，他也會被感動的。

6

徐黛安沉默地和他坐在同一張鋼琴椅上，她專注而寧靜地端詳著面前的男孩彈奏鋼琴。
大概只有這種時刻，殷晚是神采奕奕、充滿自信的，她好喜歡這樣的他。

尾音落下，他將鋼琴闔蓋，倏地起身，而身旁的她接聲問：「今天不繼續練習了嗎？」
「今天我和朋友有約，所以不能送妳回家了。」殷晚看向窗外，思索了一會接著道：「趁天色還亮，妳趕快回家吧。」

徐黛安聽話地點頭，提起書包，腳步因不捨而變得萬分緩慢。果然還是掩飾不了心底的落寞，但她知道自己不能太貪心地奢求他的體貼和溫柔。
是她自願要每天陪他做賽前練習，而他也時常護送她回家，並沒有因為忙碌而缺少照顧身旁的她。

這樣對彼此來說已經是該知足的幸福了。

徐黛安在離開教室前，勉強露出一個漂亮的微笑，回過頭向教室裡的男孩說：「比賽要加油哦。」

怎麼辦啊，心裡還是落寞。好像自己成為不了他的宇宙。
說不在乎都是安慰的謊言。她怎麼可能可以忽視他對於自己的禮貌疏離，還欺騙自己那不是刻意。

他還是那麼遙遠、那麼遙遠，遠得像是她使出渾身解數地努力靠近他，都抵達不了他。
原來暗戀一個人的心情是這樣的，有時候綻放得像天上煙花，有時候蕭條得像地上枯葉。

一個人的腳步很沉重，她抬頭，是夜色漸漸無聲黯淡，失去了光彩，原有的富麗和繁華都歸跡在遙遠的天端。

徐黛安用力搖了搖頭，把胡思亂想都拋出腦外，她不停地告訴自己，那是因為殷晚正在準備一場至關重要的國際比賽，她不能成為他的絆腳石，她要陪伴他一起走更長遠的路。

她要陪伴他一起走更長遠的路。

7

起初從師長口中聽見這個消息，她無法置信，她不能相信原本順利發展的美夢會在一夕之間化為烏有，可是她強烈感受內心如此灼熱和不安，彷彿就要侵蝕身上每一處器官。

徐黛安焦急地跑到音樂教室外，敞開門，終於尋見自己心裡懸放不下的身影。
他背對著自己，與窗外的雨景融為一體，沉重而孤寂。他就近在眼前，她卻覺得遠在天邊。
唏哩嘩啦的落雨聲取代了輕快悅耳的鋼琴聲，每一聲都重重地在敲擊她脆弱的心。

「為什麼？」徐黛安的眼淚無聲地落了下來，對他的決定滿是不解和氣憤。「為什麼要棄賽？」

然而她卻等不到他的回答，她的心都徹底涼了，聲嘶力竭地說：「你每天練習這麼晚、做了這麼多的準備，你這麼熱愛鋼琴、你有別人沒有的天賦，你為什麼要放棄？你不是說你的夢想是站上國際的舞臺，用琴聲告訴大家這是新世界的語言嗎？你為什麼要放棄？為什麼……」

他知道黛安說的都沒有錯，他無力反駁，甚至他並不知道自己臉上該用什麼樣的表情才能掩飾他心底的落寞。他曾經的夢想是他親手破碎的，連他都不清楚為什麼要做這種決定，可是他知道，現在的狀態並沒有辦法將才能發揮極致，甚至會辜負所有人之後對他更深厚的期望。

現在趁早放棄，或許是好的吧。

殷晚何嘗沒有想過，要堅定地選擇自己的路，做他喜歡的事情，平凡卻快樂地生活下去。

可是他揮別不了那個夢，他忘記不了那個女孩。

每一次當他閉起眼睛，那個女孩的無助、恐懼、絕望，都會蔓延到他的心，他痛苦得難以言喻，絲毫無法一心一意地繼續彈鋼琴，因為每個音符都像是絕望的篇章，重演著一次又一次的惡夢。

原本只是經過了後棟廁所，卻無意間撞見了一場意外。

而這場意外也將他捲入痛苦之中，他們的心臟從此相連。

那個女孩蜷著身子，破爛的衣服散落一旁。她倚著長年積累污垢的磚牆，空氣中彌漫一股刺鼻的惡臭，他看見她臉上的淚已經乾了，兩眼發紅，唇色蒼白，雙頰紅腫，她垂落地面、朝上的掌心布滿了指甲掐陷的血痕。
她兩眼直直盯著地面，眨也不眨，一語不吭地，像是被抽空了靈魂的木偶。

她經歷了多可怕的一場惡夢，她該有多害怕，她一個女孩子，該有多無助。

殷晚眼眶一紅，佇立在原地。這個畫面造成他太大的衝擊，他不曉得下一步該怎麼做。
他好不容易才從乾澀的喉中擠出字，眼角滑下了淚珠：「對不起、對不起、對不起⋯⋯」
我沒有救到妳，對不起，我來遲了，對不起⋯⋯
對不起⋯⋯

那時，外面同是唏哩嘩啦的驟雨，他感受得到空氣中的燥熱，附著上全身的肌膚、甚至器官、神經、以及心臟，揮之不去，連同這場未熄滅的惡夢。
他脫下自己的制服，披在少女的身上，坐在她身旁，和她靜靜地等著雨停。

雨可能不會停了。
下在她心上的深谷，她不知道是誰在這裡，開了一盞燈。

殷晚回過身，看著站在他身後淚流滿面的少女，不是昨晚一面之緣的女孩，而是每日與他相伴、神采飛揚的少女，如今卻因他而黯淡色彩。

「對不起。」

最後他這麼說。

8

其實他一直都明白，女孩有多喜歡他，但是他總是拒她於千里之外。
她並沒有不好，她是所有男生眼中夢寐以求的童話公主，她漂亮、善良、溫柔而且大方，她的優點是他怎麼數也算不盡的，不同於他，有的只是殘破和缺陷。
他注定就是沒有光亮的夜晚，他的存在對誰而言都是折磨和詛咒。

她的美好和完整，正讓他越清晰可見自己的醜陋和平庸。他無法讓自己喜歡她，儘管試過無數方式去親近和擁抱她，都只是更彰顯他們是兩個不同的存在，交會只是意外。
她的失落，肯定會讓自己背負罪孽深重的罪名。他從未想辜負她，然而命運是如此，愛情亦是，不是所有事情憑藉著努力和付出就能有回報和結果。

所以他無法愛她。或許黑暗更適合他。

徐黛安不該成為下一個他。那個女孩也是。

9

晚晚，我知道你不愛我。對不起，讓你愧疚於不能愛我。

即便我很不甘心，可是又能如何呢，愛始終不能勉強。
哪怕我已經將全世界的歡喜都贈予你，也趕不上那個剛剛好的時刻，遇見你。那一刻的錯過，便是永恆的錯過。

七微曾經說過：「等一個無心於你的人的愛，如同在機場裡等一艘船，在海上等一輛車，在六月等一場雪。」
我耗盡一生，只為了你喚一聲。然而我心甘情願地等待，也相信你有一天能看見我，哪怕只是一眼，你也會看看我，你會心疼我，你會愛我。
我沒有辦法再一次欺騙自己不會難過，但我希望你會幸福，連同我的幸福一起。

一直到那時候我才明白，不被愛的人，才是千里之外的景色。
只能在這端遙遙望著，卻無法被彼端的你記得。
可是當時的我始終什麼也不懂，只懂愛你。

這次是我賭輸了。然而我不後悔我的青春年華，遇上一個這麼燦爛的你。

倘若你願意，我要陪伴你走更長遠的路，我亦願意陪你一起安靜地老去。

10

你是夢想和遠方，是我一生不能抵達。

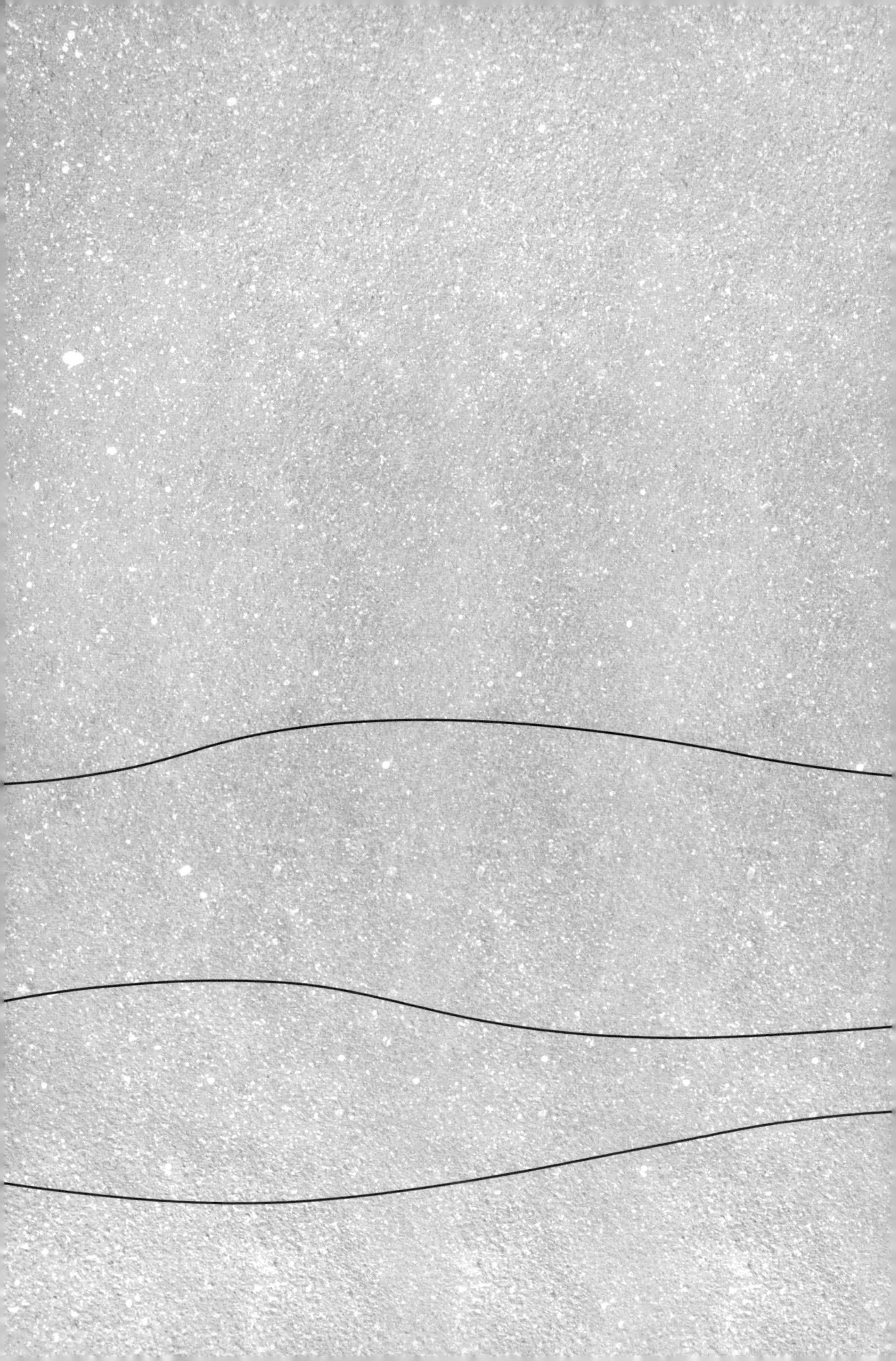

Chapter 4
共生

我想和你共度餘生，

還有我自己。

寄給無名

——「每一天，我都在問自己怎麼活過來的？答案是，
因為我經歷過死亡。」

現在的你好嗎？
我想不到還能有什麼開場白，對現在的你說。

這些年來，你獨自走過人來人往的滿城風雨、走過世界的造謀佈阱、走過萬人唾棄與不理解的自己、走過那些恨你的人、也走過那些愛你的人，你走的每一步都是咬緊牙、含著淚。有時候哭著，有時候笑著，有時候懷念，有時候哀嘆，你已經不記得自己走了多長遠的路，但你始終連頭也不回，因為害怕深陷回憶的泥沼，你就再也脫不了身，然後被記憶一點一滴地吞噬乾淨。你活得那麼小心翼翼，卻還是滿身傷痕。

我不想問你經歷多少苦、多少樂，不問你四肢留下了多少醜陋的傷疤，也不問你這一路的天氣是晴是陰，更不問你眼前有多少動容光景、多少聚散離合。我只想謝謝你，如此勇敢地走到今天的我面前。
謝謝你，謝謝你勇敢地走到今天的我面前。

也許你記憶裡那片太澄澈的海已經在你走後成為別人的風景了，也

許你在角落放的貓罐頭已經一點不剩地被當作今天待丟的垃圾，也許你遺失在公車站牌的那把雨傘已經陪著陌生的旅人捱過一場又一場風雨，也許你投在許願池的硬幣已經被誰的新願望給埋沒了，也許你常光顧的甜點店已經不賣你最愛的提拉米蘇了，也許你夾在書本扉頁的那片楓葉已經枯黃了……也許、也許吧，時間真的能輕易摧毀掉一個人的努力，以及一個人能擁有的所有美好。

明明只是一瞬就能化為灰燼的回憶，卻在記憶裡漫長地被記得了。而那些回憶，等到老了，我們說好要風乾下酒，暢快地聊一場轟轟烈烈的青春，在你最雲淡風輕的年歲，聊著當時我們只懂得多愁善感的年輕。

我想起《東邪西毒》電影裡所說的那段話：「當你不能再擁有，你唯一可以做的，就是不要忘記。」而你唯一能做的一件事，僅是記得，永遠牢牢記得。
請你不要忘記，哪怕它沉重得可以壓垮一座山、或是輕易地淹沒一片海，也不要讓它在時間的洪流中成為能被輕易改寫的虛假歷史，而要它是真實地存在過，真真切切，在你生命裡存在過。

我知道你其實一直都是寂寞的。
你從來不說你討厭冬天的天總是黑得特別快，你只說你喜歡冬天被接住的浪漫，所以沒有人知道你憑藉著多大的堅毅才能熬過一夜又一夜絢麗卻淒涼的煙花，你知道終會墜落，卻義無反顧地去接住每一場擁抱。

沒有人懂沒關係啊，我還有我。
好像反覆地在心裡默念幾次，就能成為不變的真理、你的信仰，你的信念其實很堅強，你一心一意只為了快樂而奔赴，你想要更好的生活，想要成為被愛的人，你好辛苦好辛苦地活著，可怎麼到頭來，你還是不快樂，因為沒有人輕吻你的寂寞，沒有人愛你的貧乏。

但什麼時候你已經習慣了沒有人在意你在夜裡的心如刀割、什麼時候你已經習慣了看時針安穩地轉完第二圈才願意入睡、什麼時候你已經習慣不再對冰箱裡已經見底的草莓果醬鬧脾氣、什麼時候你已經習慣不會逃避觸景傷情的每首情歌、什麼時候你已經習慣沒有人向你說早安晚安……這些對你而言，只是再平凡不過、日復一日發生的日常，就像你會記得在早上七點設鬧鐘來拆穿你夢裡美好得不切實際的快樂、你會將耳邊的音量調到倒數第二格來掩飾周遭與你格格不入的熱鬧、你會習慣避開車水馬龍的十字路而一個人走在小巷中。
那麼簡單的事情，如今卻變得複雜。

也許你根本不討厭你的寂寞，因為你知道你必須跟它共度一生，你只能趁早習慣它、接納它，哪怕它如此張揚你的悲傷，你也要窒息般地緊擁在懷裡。
這只是一個人的傷春悲秋，與誰的溫暖再也無關。
可是你還能問誰呢？還能得到誰的擁抱呢？你還奢求著什麼呢？

後來的後來，你已經從那個總是在鬧脾氣、碰壁就只會嚎啕大哭的小女孩，變成了一個勇敢而堅強的大女人了。在所有人誇獎你勇敢、欣賞你堅強的時候，沒有人知道你曾經獨自經歷過什麼苦痛，以至於現在的你能夠輕而易舉地掩飾眼底的恐懼，你成為了大家都想成為的那種大人，我卻無法為現在的你鼓掌叫好，無法為你的成功而感到喜悅。
因為我知道這樣的你，所付出的代價，便是你面具下那副千瘡百孔的面容。

如果有人問起你會不會重新一次這樣的人生，你會搖頭，但下一次，每一個下一次，你還是會重蹈覆轍這樣的人生，因為這是人生啊。

你看到路上要不到一口糖而拉著母親嚎啕大哭的孩子總是會多留意一眼、看到在車站前依依不捨分別的小情侶總是會感慨一笑，你想自己不也曾是那副單純而任性的模樣嗎？年輕時我們都擁有最真實的自己，一直到漸漸年老，時光無堅不摧地讓我們成為了我們最不願成為的模樣。
我知道，我都知道，比起現在擁有比時光更堅硬的自己，你還是懷念著當初什麼也不懂的自己。
可是我們都回不去了。

你還記得嗎？當年十二歲的你，寫了一封信要告別這個世界，信裡你說，你從不渴求世界能懂你，你只渴求你愛的人懂你。那封信你最後連交給親人的勇氣也沒有，你只是將它默默地藏在最愛的那本書縫中。
我總想問問當時的你，在面對所有漠視的眼光、不援助你的雙手，你是怎麼走過來的呢？你說你不恨任何人，你愛那些醜陋的傷痕，當所有人嘲笑你的不堪，你只是笑著說那是上帝留給你的印記，好讓你不在茫茫人海中走丟。你是真的做到了，你總是那麼溫柔，世界待你如刺，你待世界如錦。

這世界有很多壞人，你可能也是其中一個，對自己太殘忍的壞人。

你說，這世界絕對沒有所謂的不可能，但後來你慢慢向現實妥協了。
你知道很多事情是努力也改變不了的，比如身世、比如緣分、甚至比如命運……你用比塵埃還渺小的自己抵抗偌大的宇宙，如同蚍蜉撼樹，不堪一擊，你知道自己是用盡全力去努力過的，但結果總是令人灰心喪氣。

這世界確實有許多不可能，比如你永遠不可能真的和童話繪本中那個摘星星的人一樣，從窗邊登著梯子，伸手就能碰到星辰大海，甚至在上面寫下你的心願，摘給你愛的人，然後你就能得到這世界所有人都渴望的偉大愛情。我們都曾嚮往和大雄一樣有個萬能的小叮噹，能從百寶袋裡掏出各式各樣的神奇道具，一下子就能變出堆積如山的銅鑼燒，一下子就能從房間穿越到山頂，你只能不斷地透過失敗來練習怎麼通往成功，用你的雙手雙腳去掙來每一次接近；你也沒有許多精靈小夥伴，沒有遇到壞人就會跳出來幫主人解圍的忠心皮卡丘，你總是在人生路上單打獨鬥，披荊斬棘。

你從來不是軟弱，只是你漸漸明白了，小小的自己無法與大大的世界為敵，哪怕你真的願意。後來你學會了獨自背著那些沉重的傷心、絕望、失落，生命將它放進你的行囊，要你走了好長遠的路，再也沒有人過問你的心情。

你也曾經想過和誰訴說，可是你有太多的不確定、有太多的不信任，你總是無法坦然地交出全部自己，你那麼保護的自己，被誰輕易刮傷都會心疼不已，到後來你誰也沒有開口，你把所有委屈和難受往自己腹部一吞，然後要自己忘記。

他們都說是你的朋友，是你的家人，你明明也愛著他們，但是怎麼地，你就是沒辦法讓他們照顧自己？你是太倔強、太要強、還是太愚蠢？你為什麼不羨慕那些撒嬌就能被疼惜的人？你為什麼不活成和他們一樣柔軟的人？你為什麼非要接受這些長大的過程？

因為我們也是在一夜之間，發現了我們無可避免所謂成長，發現注定要承受這些悲傷和失望，走向更遠的天明。
有時候，甚至連天會不會明，我們都不知道。
但是我們會抱著期望，我們會相信生命和奇蹟，那是一種寬容及解脫。

現在的你好嗎？

今年是二〇一九年，晚上的十一點五十分，窗外的星星很稀疏，但我心裡還住著許多溫暖的星星。
那你呢？

我親愛的自己，想必你已經絢爛地在歲月的洗禮下，迎接一場屬於你的浴火重生。

有幾個夜晚
我回頭走一遍我來時的路
只是淚流滿面的醒來
再一次擁抱自己
你辛苦了，你很努力了

孤生

——「歲月有很多詞可以表達，一瞬間，一個月，一年，
但對我而言都只是沒有等待過我的時間，消耗著所剩
不多的自己。」

在整理電腦的資料時，偶然點開了一個以我的英文名字命名的資料夾，那裡頭存放了好多好多照片和文件，恍然想起，那是青澀時的我。

我實在是個很念舊的人，無論時間過去了多久，我總是習慣保存著那些回憶。幾年前我換了新手機，再次輸入聯絡人資訊時，連同已經時隔三年沒聯絡的手機號碼也一起輸入進去了，儘管我知道那是我不會再次撥通的電話，但它總是要安置在我的生活範圍才會感到心安。
我是這般執著於過去的女人，所以我並不意外電腦裡頭這些七年多來的記憶安穩地沉睡在這裡，只是當再次看見，難免會覺得有些激動和感慨，對過去的自己萬分陌生，卻又懷念。

第一個子資料夾，裡面放著無數自拍照，那時候的我還不懂化妝，未施胭脂的臉蛋多了幾分青澀和單純。我開始思考，是從什麼時候開始的呢？只要缺少了這些厚重的面具，就會感到赤裸而不自在，我必須依賴著鮮豔的口紅、多彩的眼妝，才能遮掩自己的乏味。自

從學會了化妝，總是被旁人評價看起來難以親近，就像冰山美人一樣，神秘又多情，然而我卻十分滿意自己的偽裝。

我明白，越是隱藏自己真實面貌的人，心底就越渴望被瞭解，只是如果缺少這層保護色，他們便無法生活在光之下，這是他們和世界保持的安全距離，也是和自己約定好的成熟。

可是我總是會想，過去那樣多好呀，我不必每天早晨提早二十分鐘精心打扮自己的模樣，不必在乎別人眼光，也不會害怕在照片裡的自己身材好不好、妝容完不完整，我可以無畏地做我自己。而現在的我也不喜歡拍照了，說是排斥自己日漸陌生的面容也好，因為那都不是真的我。

我不是變得愛漂亮，只是在試圖掩飾自己原本的模樣，唯有如此，我才能離世界近一點。

第二個子資料夾，裡面放著一些以數字命名的Word檔，點開來是一篇又一篇日記，我總是嫌棄自己字跡醜，所以不喜歡寫字，於是把我的日記存放在電腦文件裡。那是一篇又一篇文筆生澀、毫無新意，有些平鋪直敘的心情記事，內容大多是關於我暗戀已久的男孩子，或是我和家庭之間的關係不太和睦。在那些灰暗無光的日子裡，我與我自己對話，即使內容看上去有幾分愚昧好笑，但那坦率真誠的情感表露，如今已不復存在了，不變的是我依然帶著一點悲觀負面，活在這個萬分險惡的世界上。

若真要說唯一的長進，便是我努力在長大的日子中學習著樂觀，抱持著一絲希望，哪怕我知道終會落空，但我也要盡全力地相信善良。
就像過去的我一樣，拚命地相信善良。

還有一封是寫給自己的信，信裡頭是這麼寫的：

無論多年以後妳成為什麼樣的妳，請妳不要忘記自己曾經如此溫暖過，請妳要記得幸福，因為再也不會有人理解妳的無理取鬧和撕心裂肺。妳不是被捧在手心的孩子了，妳會長大，妳會成為妳不想成為的大人，可能有好幾次妳想放棄自己，或再一次覺得人生沒有希望，但我還是由衷地渴望，有個人替我照顧未來的妳，心疼未來的妳，並不過問從前的妳。
如果他一眼便理解從前的妳不快樂，那麼未來他會盡全力給妳快樂。會有這麼一個人，請妳不要放棄尋找，不要錯過他來時的年華。
跟妳說吧，現在的我每天都以淚洗面，因為我好喜歡他，可是他不屬於我，他會成為我心上的遺憾吧，他會成為我不能靠近的陽光吧，我好沮喪，我的日子過得好差，我好想要快點長大、快點去見長大的妳，不知道那時候的妳會不會快樂一點。
很多年以後的妳，一年、兩年……還是五年七年後的妳，會不會突然懷念、想回到從前的自己呢？我根本不曉得幾歲的妳會讀到這封信，還是希望妳有機會能讀到這封信，然後告訴自己，回來了也不會快樂，過去的妳不快樂，未來妳要好好珍惜自己。
妳要好好珍惜自己。

原諒我不敢再點開第三個資料夾，我選擇按下了右上角的叉。

或許有些回憶塵封在過去才是最好的吧，我想，只要不掛念，我就可以走得更長遠。
即便我們多懷念過去，我們也不能再回去。馱著這些沉甸甸的回憶，去遇見下一個更好的自己，終有一日這些紀念都會如同炙熱的流沙消逝在荒蕪的大地，日復一日地重演著天崩地裂，漫長的歲月回歸鴉雀無聲的寧靜，彷彿你唏噓的孤寂。

最終還是消失了吧。即便我不刪除，有一天它們也會被遺忘、被丟棄，然後我會像個茫然的孩子四處尋找我的老家，那裡已經不再色彩斑斕，取代而之的是被濃霧褪去光芒的黃昏，無人能解讀的空曠和單薄，離去得無影無蹤。
我也無法向你描述，那是多麼氣勢磅礴的死亡，一個人回不去的年月，欲言又止的傷心，我再也沒有開口留住什麼。

我面無表情地流下了淚水，那是因為我知道，我們不停地被催趕著向前，但理解現實的我們，從來都不想要沉默的接納。連任性的權利都沒有，留在什麼都不懂的年華裡幸福地笑著該有多好呢？我們卻無一能倖免。

我想熱愛生命，如同熱愛自己，熱愛你。

但我的靈魂在哭，它們不懂怎麼溫柔地生活，才能避免暴雨和嘆息。我覺得世界末日便是這樣，失落得失去希望，理想只是冰冷的標籤和飄向天際的氣球。

明天天空甦醒後，我們都會忘記潮溼的眼，忘記錯過的末班車，忘記風景的變遷，連同昨日繾綣過的自己。

然後感動，記得感動，記得熱淚盈眶。

共生

——「我以為人是非常脆弱的，可是我們都安然無恙地活下來了，帶著遍體鱗傷的自己。」

1

為情所困。
這大概是除了生死之外，能讓我想到唯一頻繁發生在地球上每個角落的事情。

我每天會接收到好幾封關於情感挫折的訊息，無論是身旁的朋友、還是親愛的讀者們，從他們的文字和口吻都能深切感受到他們正在經歷著無法承受的苦難，我也能從這些苦澀的字句嚐到傷心，可是我卻無能為力。情關是各自的心傷，除了安慰和陪伴，其他都是暗夜裡無謂的告白。

有時候我會看見自己的影子在其中，比如說那些因愛而想尋死的人們。
我從不說他們傻、不說他們笨，我明白那種深不見底的悲傷是多麼劇烈地能輕易摧毀一個人的溫柔和勇敢。那是一種深入骨髓、蔓延至全身神經、糾纏著與你密不可分的絕望，甚至連呼吸都變成一種奢侈的求救。那是怎麼奔跑都沒有盡頭的沙漠，放眼是四下無人的孤單，只有自滅才能逃離晝夜。
一次又一次地被推向瀕臨死亡的邊緣，當掙扎和逃亡都是徒勞無功的垂死，你開始會想，是不是只有完全的解脫才是真正的解脫？

可是你沒有想到，連就算已經做好萬全心理準備的你，面對死亡都感到撕心裂肺，感到害怕、感到迷惘和痛苦，那時候心意已決的你，才發現自己其實還缺少告別的勇氣，於是你不斷重演著重生和死亡。

我不是一直都活得那麼順遂，但如果幸福能相比，我肯定還不是最貧乏的。
大概老天希望每個人生來都要經歷過一點傷，才顯得獨特，因此我們都無從選擇。

我曾經以為愛是單方面的滿足，只要無止境的給予，就能得到一點回饋的眼光，和自己倍感富足的心。我也以為努力就能感動一個人，因為我單純地相信付出就會有相同回報，我以為有期待就有能耐承接失落。
但事實並不是這樣，當我成為被遺棄的，如同偶像劇那樣被命運無情淘汰的孩子，我才知道原來心也是會流血的、原來人的快樂是有額度的、原來我們都是瞬息萬變裡不被重視的塵埃，沒有這麼重要，也沒有這麼偉大，沒有這麼寬容，不能溫柔地對著挾持我的你說著雲淡風輕的「沒關係」，也不是一句「沒關係」就能治癒好我心底的破碎，我們都知道，那是無法再重合的傷口。

所以我不能原諒你，更不能原諒沒有保護好我自己的自己。

你更不能怪罪失魂落魄的我都沒有努力過，沒有好好生活、沒有照顧自己。

離開你之後，我每一天都想著怎麼讓自己重拾笑容和信心，我給自己買了單人份的早餐、睡前給自己一個安慰的擁抱，我不聽悲傷的情歌，也不聽朋友消極的言詞，更不打擾你的生活，我學著獨立也學著深愛自己。
但是我付出了這麼多，仍然找不到讓自己開心的動力。
於是我反覆無常的微笑和哭泣，我都快分不清哪個是真正的自己，不懂內心真實的情緒，不會表達自己的憂慮和哀愁，我漸漸變得不認識我自己。我備受煎熬地想念你，也用無數的失望來原諒你說過的不離不棄。只有回味你的時候才會讓我忘記了痛徹心扉的感覺，全世界卻都要我割捨你，所以我逃得遠遠的，遠遠地在末日裡想念你。

我不敢想像如果沒有了你，我的世界會變成什麼樣子，可能是原有的繁華和浪漫變成斷壁殘垣的淒涼荒蕪，可能我會在這些傷心裡獨自顛沛流離，也可能每一天我用心良苦構築的美夢都會重重地被現實砸碎，那麼我就會和你訣別。

為什麼站在世界的盡頭，你們還說一切都過得去呢？可是我卻過不去，我過不去。我不明白你們總是義無反顧地相信善良，好似這個世界從來沒有壞人和險惡，所有的傷害都是能被釋懷的，然後還能若無其事到白髮蒼蒼。
難道就因為我沒有你們這麼寬容和偉大，所以必須捱著這些苦難苟延殘喘嗎？

我恨不了我愛的人，所以我選擇和世界反目成仇，有多麼可悲和憎恨，最後竟然是用這種方式活下來。

有時候我感受得到生命的跳動，如今它卻一動也不動。

2

後來我漸漸接受了他們所說的，都會過去的。
我還在好起來的路上，那是因為我沒有勇氣再一次懦弱。你知道嗎，告別自己有多麼費力，就像告別我深愛的人一樣，我太愛太愛了，連曾經是他一部分的自己我都捨不得拋棄，只有這樣我才能好好活下去。

這是我不敢開口的秘密，我還是會在夜深人靜時想念他，我沒有表面看起來那麼平靜和自在，我也沒有完全好起來，我沒有忘記過隱隱作痛的傷口，也沒有原諒。

或許活下來才是真正的報復吧，無論對自己或是對他，我更想證明我一個人仍能過得完美無缺，即便沒有他時也看起來毫髮無傷，我不需要任何同情或憐憫，因為我不是卑微地乞求他能愛我，我要讓自己不再輕而易舉被命運牽著鼻子走。

你知道的，在我還沒後悔之前，你只要回頭親吻我，我就會跟你走。我討厭自己沒骨氣，但我更怕自己錯失你，從前我是這麼認為的，如今我卻唯恐避之不及。我不會再一次讓你把我變成碎紙機裡的殘骸，因為我不是我，你也不是你了，我們拼湊在一起也不再是過去的我們。

過去我怎麼嘶吼、求救、疼痛和墜落，你都沒有在乎過，我才明白有些事情永遠不會是對等的，我在乎你並不等同於你也在乎我，所以我的悲傷在你眼前只是無趣的一場獨角戲。

說有多不公平就有多不公平，但世界從沒有善待過我們，你也沒有善待我。

已經數不清失去你多少個日子，但我的眼淚漸漸無聲無息，你也不在我的記憶裡銳利，我來不及收拾的過去也慢慢被時間整理乾淨，再談起你多的是陌生的如釋重負。然後，我悄悄地走遠了，我長成了世故的輪廓，被歲月搧了無數個耳光，又被它溫柔地撫摸，卻已經習以為常。

也許生命就是這樣吧，沒有見過雨後的彩虹便不會相信它的存在，很多東西都要親眼去證實。當初有多萬劫不復地絕望，現在就有多銘心刻骨地感動。

我也必須承認，其實沒有了你，我還是活得下去。

3

最後我們都安然無恙地活下來了，帶著遍體鱗傷的自己。

有時候我會想，或許在大家眼裡那個溫柔大方的我並不是真我，那是安慰自己活下來的聲音。唯有這樣負傷的柔軟，才熬得過世界的鋒利。

可能我也並不是期望自己成為這樣的大人，正面、陽光、樂觀或是開朗，這些聽上去美好得無與倫比，但暗藏的是更多盲目和脆弱。然而我卻不得不成為這樣的大人，因為安逸在悲傷中只會讓我更迷失我自己，如果沒有人願意當我的燈，那我就為自己點亮光芒，沒有非誰才可以。所以我學習善待我自己。

我也會討厭自己的無知、衝動、任性、頑固和混濁，但可能這些不美好的我，才是真正的我，後來我也試著接納了身上的各個缺陷，包含不被愛的。經過時光不斷的修正和調整，我逐漸成形，有了一副完整的皮囊。

終於經過這一站了。
那麼我也該和你告別，儘管多不捨得，但是我決定往前走了。
有時候我會當作你從來沒有來過，有時候我會真實地感受到你嘴唇的溫度。
但那終究都不是現在的我能擁有的，我也不能再糊塗的迷路，在這裡打轉和徘徊的時光，足夠讓我去邂逅下一份美好了。
所以我必須和你說再見了。

再見。

4

我會和我的憂鬱繼續共生，也會和我的快樂並存。

有多少的兩情相悅
最後兩兩相忘

美的反面是殘缺

——「我很羨慕完美，但不曉得那也是另一種缺陷。
親愛的，我們能不能不要再跟自己計較，活得這麼辛苦？」

1

有時候我很羨慕殷小江。

發成績單的時候，她永遠是第一個被點名，她不懂我們這些在後頭緊張兮兮、坐立難安的同學們此刻是什麼心情。有的時候，老師還會在臺上公開表揚她的作文寫得特別好，班裡只有她一個拿六級分，就連數學考卷上的算式也寫得一字不漏，就連她相比之下最不拿手的英文也是班上最高分。
接受了老師的誇讚，殷小江只是在臺上謙虛地點頭道謝。每當這種時刻重演，我就會稍微看看周遭同學的表情，有些人頭也沒抬，像是滿不在乎也不想關注這些原本就在預料中的事情；有些人在臺下訕笑，目光落在她裙襬上那粒格格不入的白米飯；有些人一臉欽羨地看著臺上自帶榮譽光環的模範生，她好似是電影裡那個才學兼優的沈佳怡，也是我們窮極一生達不到的高度。

而我什麼都不是，我長相平庸、身材平庸、腦袋也不怎樣，家世也沒她好。

但她什麼都是，她是所有男孩心中遙不可及的女神，一六五公分的身高，還有著完美絕倫的黃金比例，一眼望去只見那雙纖細潔白的長腿。她那頭烏黑秀髮總是披在肩後，沐浴在陽光下的時候，會閃耀著五顏六色的光，美得炫目。有時候經過她身旁，會聞到淡雅的陣陣花香，我每次總是抑制著想問她洗髮精牌子的衝動。更別說老天有多不公平，給了她那張精緻得如同玻璃櫃裡限量的洋娃娃臉龐，長得何止是漂亮，還是驚豔的太漂亮。她晶瑩剔透的肌膚像是掐得出水的飽滿，宛如出水芙蓉，那雙明亮的眼眸、彎彎的柳眉、還有嬌豔欲滴的薄唇，在她的臉上都恰到好處地襯著她的無比動容。她笑起來，大概是連詩人都無法描摹的熠熠生輝，是炫目的銀河，是燦爛的宇宙。

以前我才不相信世界上有完美的人，但如今我見識到了，再也不敢反駁世界上有仙女的存在，她什麼都好，無可挑剔。
如果你見到她，你也會為此嘖嘖稱奇。

我很少稱讚一個女孩，但她就是與生俱來有著讓人五體投地的魅力。很難想像，這種女孩，應該生來就落在仙境，而不是凡塵，不該對比我們這些人的平庸和無味。所有人間的美麗都被她擁有了，那我們只能平分剩下的苦楚，這樣又怎麼公平？

我收回有時候，怎麼會只是有時候，我時時刻刻都在羨慕著殷小江。

2

我必須承認，我是為了觀察殷小江，才主動和她做朋友，有目的的和她做朋友。

如果說她這般的完美有了缺點，那大概便是她這一生會遇上不計其數為了目的和她相處的人。

比如我。

她家很富有，聽說她父母是大公司的董事長，她從小過著衣食無憂的日子。但有一次，我發現總務股長向她收取班費時，她打開皮夾後的面容有些窘迫，只應了句她明天才能補繳，我瞥見那裡頭只放著一張紅色的百元鈔，想想是有些不對勁，她一個千金小姐，怎麼不是放著數不完的藍色鈔票呢？

後來一問之下才知道，她早上在上學途中遇見一個行動不便的婦人，她熱心地幫婦人推著回收車回家，不僅如此，得知婦人家境不好，已經好久沒好好吃上一頓飯了，她二話不說把身上的千元鈔票和她每天早上最喜歡吃的菠蘿麵包都遞給了婦人。

聽她這麼一說，我也明白了她身上的百元鈔票和早上難得的遲到是怎麼回事。但更令我意外的是，當老師詢問她遲到的理由，她卻只是低著頭不斷道歉，並沒有把她熱心助人的事情給說出來。

還有一次，我睡過頭太匆忙地趕著出門，結果等到國文老師進教室時才恍然發現自己沒帶課本，心想是完蛋了，國文老師一定會狠狠訓我一頓。沒想到，正當我忐忑不安之際，小江把她的課本遞給我，然後在我來不及回應時，她已經舉手和老師自首自己沒有課本，不過老師特別寵溺她，只是眉頭一皺，要她和旁邊同學一起看，並沒有多說什麼。
這態度的反差，都讓我忘了上次也是同位老師請我去後頭罰站一節課了。

她是一個這麼善良溫柔的女孩，連自己嫉妒起來，都感到無比羞愧。

我實在太好奇了，總覺得我花費這麼多時間來觀察她，都觀察不出她的任何缺陷，於是我開口問了她：「妳的人生一直都這麼順利嗎？」
小江只是搖了搖頭，莞爾一笑，思索了半晌，語氣輕柔柔地，她回覆我：「有過不好，但是我都忘記了。」

那肯定是很少很少，才會忘記的，我心想。
畢竟我可以接連抱怨三天三夜，從白天到夜晚，我的生活太不順遂了，所有細微末節我都牢牢地記在心上，還有吐不出的滿腹苦水。

在我陷入這樣的思想時，小江又開口了：「我媽媽從我小時候就教育我，說不開心是一天、開心也是一天，如果太計較生活的得失會讓自己活得不快樂，只要不快樂，就會影響到身旁的人，所以他們就算在生意上遇到什麼困難，回家時也從不對我遷怒情緒，不想影響到她所愛的人，要是我們真的能選擇快樂和不快樂的話，我想快樂地過一生，沒有人願意跟悲傷共處一輩子的吧，所以我選擇了遺忘、選擇寬恕。」

「那如果，有惡意傷害妳的人呢？」

「如果他真的起了惡意傷害我的念頭，那也代表我也在無意間傷到他了對吧？我必須先反省自己是不是也對他造成什麼負面影響，才讓他有這樣的念頭產生，我們活著的每一分每一秒，都有人在受傷、也有人在傷害，這往往都是不經意之間產生的摩擦。但是，如果我們彼此都願意原諒，世界還會有仇恨嗎？」

我該說妳太單純、還是太善良呢？
親愛的小江，或許我不能成為和妳一樣的人，那麼無私、那麼偉大、那麼懂事，很多時候我只懂得在逆境時怨天尤人，在被傷害時傷心欲絕，愛一個人時我就用盡一百分的力氣去愛，在恨一個人時我也用盡一百分的力氣去恨，我活得很公平，可是我卻不懂，世界為什麼對我不公平？會不會有時候，只是一個瞬間，妳也會覺得自己像我們這樣平凡，覺得自己再努力都不被眷顧，覺得妳的奮不顧身只是大海裡瞬間幻滅的泡沫？會不會覺得老天賜予妳耳朵，只是為了讓妳聽見世界刺耳傷人的耳語？會不會覺得老天賜予妳雙眼，只是為了讓妳看清世界的醜惡？

妳會不會有時候覺得，我們一樣都是人，一樣能快樂，卻一樣不快樂？

3

畢業後，殷小江如願考上市裡最好的一所大學，不負眾望，所有老師都為她拍手叫好，我想她的家長一定也為了她這麼優秀的孩子，而感到萬分欣喜吧。

但是我也深深記得——畢業那天，殷小江一如往常的上臺領獎，那是她最後一次在這所學校接受頒獎，也是她再熟悉不過的一件事，畢竟這三年裡看見她上臺的時刻多不勝數，好似舞臺天生是屬於她一人的，校內大概沒有一人不認識品學兼優的殷小江。

可是她躊躇了好久，才邁步走向舞臺中央。她的名字被喚了第三次，所有人都差點以為殷小江今天缺席了，連身旁的班導師都替她捏了一把冷汗。

還有，她的畢業胸針別歪了，這麼重要的時刻，難道她都沒有注意到嗎？

雖然只有一剎那，可是我真的看清楚了，那也是我這三年一直想要看清的東西——她的膽怯、她的害怕、她的猶豫。

那和原本神采奕奕的她不同。她是在擔心什麼呢？是分別該有的體面？還是最後一次鬆懈前的緊張？又或是，對未來的惶恐？

不管答案是哪個，我都不認為殷小江會退卻，她很勇敢、她很自信、她的獨特，她是世界上最好的那個。

一直到分別時我都這麼認為。

4

典禮上播放最後一次校歌時，大家都哭了，唯獨我身旁的她沒哭。
她很淺很輕地笑著，那個笑容看上去是五味雜陳的哀愁，更多的，是我無法用言語形容的悲傷。

5

畢業典禮結束，離開禮堂時，大家提議說要去附近的一家餐廳舉辦謝師宴，之後還要去KTV續攤，殷小江卻說她不能參與，要提前趕回家了，大家臉上說有多可惜就有多可惜，尤其是男同學更形於色，而且大家都明白，這是殷小江第一次拒絕參與班上聚會。
所有人都不明白，連老師都顯得有些沮喪，她轉過身，與我們背道而馳地走著，頭也沒回，像隔著一整片汪洋，我看著她不堅定而緩慢的步伐，好想追上去抱一抱她，那個從來不讓人感到心疼的女孩，此刻看起來竟讓人這麼心疼。

我聽著身旁好幾個女同學議論紛紛，說她這幾年的模樣都只是偽裝出來的，現在終於脫離大家之後就原形畢露了，她根本沒有這麼好、沒有這麼溫柔、沒有這麼善良，沒有大家以為的這麼完美，只是我們都被矇騙了。

我好生氣，好想為她辯解什麼，可我竟說不出一字一句。
因為我曾經不也是這麼看待她的嗎？我曾經和這些人一樣，都不瞭解她，也許時至今日，我還是不瞭解她。

大概，殷小江的人生，只有殷小江懂。我們的人生，也只有我們懂。

身旁的女生點了點我的肩膀，問我剛剛殷小江離開前和我說了什麼？我搖了搖頭，她不屑地撇了撇嘴，說她班裡只跟我好，但畢業後一定會忘了我。我只是她在這人生階段上的一顆棋，是她的過客，而她也會成為我的過客。

只是我們都還不願意接受，我們在這千里跋涉中遇見陪我們上山下海的旅人，那些曾許下山盟海誓的愛人，現在都會各奔東西，為了更好的錦繡年華，去迎接他們各自的明天。然而我們都不再是他們裝載的明天。

但何其有幸，我逢上殷小江的昨天，她也正好逢上我的今天。
一切都是這麼剛剛好，剛剛好的遇見，剛剛好的分別，剛剛好的想念，剛剛好的祝福——
和剛剛好的成長。

6

我看到抽屜裡的胸花，就想起了殷小江，那個我已經五年未見的少女。

她把胸花摘下送給我，上面寫著醒目的「畢業生」。

我和她說這個東西對她來說應該很珍貴，我自己的也會留著，她為什麼要把她的送給我？她這麼看重學習，這麼看重高中時光，這個東西代表著她這三年所有努力的證明，她卻可以毫不眷戀的割捨。

她卻只笑著回我說：「我偶爾也會有想叛逆，不想要完美的時候。」

離開前她留了一封親筆信給我，那也是我第一次看見她的字跡，乾淨清秀，如同她的人一樣。
那封信上是這樣寫的：

我沒有畢業，我們人生還有好長好長的路，我想未來也有好多的苦和樂。

其實我知道，班上沒有一個真心願意和我做朋友的人，是因為她們不能接受我和她們的差異，或許對我來說是一樣的，但對她們來說是不一樣的，就像我之前說的，我們都會在不經意中傷害到別人，所以我不怨嘆沒有人願意做我真心的朋友，有時候我還會想，該說聲道歉的或許是我。
我不知道我自己苛求的完美在別人眼裡是一種無形的壓力，但對於我的不完美，我也備感壓力。

也要和妳道歉，一開始我也以為妳和她們一樣，試探完我就會離開我，但後來妳沒有，也可能妳曾經有，但那都不重要，重要的是妳仍然留下了。我不知道妳喜歡我什麼、或從我身上學習到什麼，如果有，那麼我很開心，我很開心我所期盼的完美在不知不覺中也對妳有了正面的影響，如果沒有，那未來我也會為了成為更好的人而努力，到時候我一定會第一個和妳分享。

我其實理解，妳為什麼會問我，我的人生一直這麼順利嗎？我也好幾次想這麼問那些社會上的成功人士，想問我的父母，想問我的朋友，想問我望塵莫及的那些人，也想問我自己。
甚至，有好幾次我懷疑自己，順利的我真的會比較快樂嗎？我看見我的父母他們順利地過著這一生，但他們卻不是真的快樂，有時候或許也不是真的順利。我不是個愛說謊的人，但原諒我之前對妳撒謊，人生並不是像我說的，能選擇快樂和不快樂的過一生。
至少我沒有感受到過快樂，所以我才拚命地想接近快樂。

那麼親愛的妳快樂嗎？我是希望妳快樂的，雖然我們相處的時間不長，但是我總是羨慕妳在追星時那種神采奕奕的模樣，我也總是羨慕妳有一群志同道合的朋友，總是羨慕妳們討論未來要成為漫畫家、成為小說家、成為歌手明星的夢想，然而我也相信妳們有那股力量能去達成，那是我做不到的，我也從這些時刻中看見了妳們快樂的笑容，那麼單純、那麼完整。

妳說人們所說的完美究竟是什麼呢？我想更多時候它是不存在的，我只是認份，也只是努力，想用竭盡所能的力氣去過完這一生，是這樣的念頭成就了現在的我，也是這樣的念頭讓我忘了什麼是快樂。
妳們每個人都說有多羨慕我，可是妳們不知道，我好想成為妳們這樣的人，這樣能笑就笑、想哭就哭、敢愛敢恨的人，我們是有血有肉的動物，理當是這樣有感情地活著，不怕任性也不怕跌宕。

在羨慕別人的同時，肯定也有人羨慕著自己吧。
所以我好滿足了，即使不能成為妳們這樣的人，但我好滿足了。
也請無論如何，一定要替我的份，快樂的生活下去，或用力的悲傷下去，好嗎？

形式是畢業了，但實質沒有畢業，我怕我得到了這個肯定，我就會忘記自己要前進，所以我討厭頒獎，也討厭被表揚，我討厭底下的大家為了我裙子上沾著一粒米而取笑我的不完美，但我接納，我接納了那些我的不完美，因為這些提醒著我要更完美。
所以我也不想畢業，我也還沒真正的畢業，等到我畢業的那天，我一定會回來和妳說，屆時妳再把胸花還給我，祝福我，殷小江，妳是真的畢業了。

我們一生活得平平淡淡、庸庸俗俗，也不要活得沒血沒淚。
我是殷小江，妳可以不記得我，未來妳會遇見更多更多和我一樣的人，妳就會忘記有這麼一個殷小江，因為他們永遠在這裡比較著誰更完美。
但我會一輩子記得妳，因為這個年紀，是我們再也回不去的完整和單純。

謝謝妳，謝謝遇見妳無與倫比的不完整，讓我知道世界上最接近快樂的，就是越接近破碎的簡單。

我是三年七班的殷小江，後會有期。

7

換下日復一日的襯衫和窄裙，脫下高跟鞋，我用力地讓床接住身體的重量。

窗外的天已經黑了，每一次看出去的夜色都是一樣的，那麼枯燥乏味，有時候還有點孤單落寞。

畢業之後換了好幾份工作，幫人發過傳單、也幫人洗過碗盤、接過電話、也在路上推銷保險過，最後還是決定回歸當一個平凡無奇的上班族。

有時候我其實也會懷念小時候那個興致勃勃說著要當歌手的自己，才知道現實並沒有想像中那般容易，能養活自己、有穩定的生活就已經感到謝天謝地。閒來無事時，我還是會打開那個關於夢想的抽屜，滿滿的唱片及周邊商品，那些應援手燈和無數血淚搶來的珍貴門票，全都是我小時候的嚮往。

那大概是最美好的時光。

我再也沒有想過要成為一個出人頭地的大老闆，每天睜開眼就是數著大把鈔票，還是做個日夜未眠的明星，每天只有滿檔的行程和接不完的通告。

我只想要回到我的青春，追隨著我的完美，原諒我的不完美。

手機鈴聲響，我伸手一勾床頭櫃上的手機，心想又是哪個客戶要改方案，但出乎意料的，螢幕上亮著的名字是我既陌生卻熟悉的。
——殷小江。

她的手機號碼沒有換，我也是，所以聯絡人上的名稱沒有變動，我一眼就能知道是她，世界上只有一個，獨一無二的殷小江。

我點開她附圖的簡訊，那是一張她在辦公桌前專注敲著電腦的畫面，我猜想是她同事偷偷拍下傳給她的。她的桌上擺著各式各樣粉紅色的擺飾，我想不起來以前的她是不是也喜歡粉紅色。
所有人都以為殷小江畢業後會成為一個富有的大老闆、高貴的名媛、或是有名的明星，但是這些我全都沒看見，我看見的只是一個平凡的、和我相同簡單的殷小江。

「妳看，雖然每天又忙又累，但是我好像很快樂，對了，拍照片的人是我的男朋友，我們是同事。」
「我是三年七班的殷小江。」

我反覆地想著傳送的回應，最後什麼也沒送出去。

她仍然是三年七班的殷小江，真要說有什麼改變，那大概是——她已經不追求她的完美，而去追求她的完整了。

我想，抽屜裡的那枚畢業胸針，也該還給她了。

你是更好的恰逢

——「遇見你前，愛情是理想，遇見你後，理想是愛情。」

1

在戀愛時，最常被問到的一個問題，不外乎是：「妳理想裡的愛情是什麼模樣？」
我想，這個問題比「妳覺得愛是什麼？」來得簡單一百倍，因為它純粹是我想像中的愛情樣貌，並沒有實際的標準答案，每個人都可以給出一個很好的回答，但卻不是每個人都可以遇上這樣的愛情。

這題的答案，我可以侃侃而談：「比如我遇見他，我就懂愛情；比如我看著他，我就能看盡餘生；比如我吻了他，我就知道這不是一場上了床也沒有結果的戀愛。更多時候可能是，我從不需要問自己開不開心，不需要討好他和自己、不需要我想哭時還要忍著難看的眼淚，想笑時還要掩飾自己露出超過八顆牙的窘態。」

我曾經想像過，我們會共同居住在一個十二坪的小房子裡，那裡可能什麼也沒有，或許也什麼都有。
裡頭只有一張灰色沙發，前頭鋪著毛絨絨的地毯，面對著不大的電視，我們可以在那個小角落躲避世界的紛擾，挑一部你喜歡而我也感興趣的美國影集，你還會為我煮杯熱牛奶，捧著還在乎我燙手，你搭著我的肩，而我依偎在你的懷裡，你就會成為我的港灣。
可能我們還會一起種滿小陽臺的花，雖然那裡又窄又亂，但是我們會分工合作，你負責種花、我負責澆花，我們用時光等待它的開花結果，就好像我們青澀到白首的愛。
也可能未來我們會領養一隻從以前我就不斷嚷嚷著喜歡的柴犬，我們會一起帶牠去家裡樓下的公園散步，我牽著繩，你牽著我，每當我和牠對話時，你就是爸爸，而我是媽媽。

我希望我的愛是這樣平淡如水，你夫唱，我就婦隨。我在千萬人海裡尋覓一人身影，用緣分說明相遇，用天涯說明相愛，我在歲月中深愛他、信任他、依靠他，他會為我掀開白紗，我也會替他梳理頭髮，我們就這樣不慌不忙地愛著、愛著，一直到光陰都為四季披上新的面紗，我們還記得彼此的面貌，然後，我會與他細水長流地過完這漫長一生。

我要做最理解他的人、做他最愛的人、做他從不尋找的人、做他不再漂泊的人——
做一個我愛上之後，會後悔沒早些遇見的人。

遇見你，我才知道什麼是天生一對，無論我走在哪裡，你都會在我身旁。

你願意陪我顛沛流離，我願意對你俯首稱臣。

2

我總是有好多朋友會和我說心事，大多都是關於愛情。
他們有好多不同的煩惱，但他們都有一個共通點——在愛情裡總是卑微。

我也總是在納悶，親愛的，為什麼你要對所愛的人如此卑微呢？兩個人的相愛，本來就是該為了毫無距離的親密，或者為了毫無保留的率性，怎麼反倒你們的戀愛，是越來越生疏且越來越陌生？

我知道，你是因為不想失去，所以才委屈得淚流滿面，我也知道，你是因為不敢冒險，才如履薄冰地走穩現在看清的每一步。
可是這是你真的喜歡的、你想追求的一份愛情嗎？

我想不是的。
更多時候，你是期望你在背對著他而藏起來自己的淚流滿面時，他會從後面擁抱你，連同你的不安也小心翼翼地對待著；更多時候，你是期望他不會在你們相約好隔天要一起去動物園時，他卻不小心忘記，和朋友一起去打籃球，把一個滿心期盼的你扔在原地，讓你自己接自己回家。
更多時候，你是希望愛上一個懂得珍惜自己、體貼自己、心疼自己的人。
你知道他不是，但你也只是一次又一次寬恕他的粗心大意，原諒他的心不在焉，你也只是一次又一次在心裡安慰你的胡思亂想，心疼你在夜半三點鐘流不完的淚。

你問我，如果是我，我會怎麼做？
我會希望做個在他面前毫無保留的人，而我也希望他能在我面前毫無壓力地生活著，我們的戀愛是互相的，也能是互補的。我可以不需要計較、也不需要比較，我不會在乎他會不會先跟我說聲道歉，會不會想早點回家陪我，我知道更多時候我也有錯，知道更多時候他有自己的生活要過，我不會去比較誰的男朋友更好，因為在我眼裡他才是最好、最合適的那一個。
甚至我可以和他坦誠相見，我不怕他看我素顏還戴著笨拙的黑框眼鏡的樣子有多醜，他總是會告訴我沒關係，那樣的你也很可愛，早上起床時更不怕他看見我亂蓬蓬的頭髮，像稻草一樣雜亂，他會主動幫我梳整齊，然後再俯下身輕吻我的額，像是無比疼愛他手中的寶貝；而他也不怕被我知道他的房間有多髒亂、他的衣服已經兩天沒洗，我還是會笑嘻嘻地幫他蹲下身整理床底下的灰塵，在他下班回家前洗好他最愛穿的那件襯衫。

你看見了嗎？這段話裡，包含著對愛的付出、對愛的包容、對愛的真實。
誰不想這樣簡單的愛一個人，平淡地過完一生？
只是要過好愛的人很少，也很難。

就像如果你問我愛裡最重要的條件是什麼？是付出、是包容、是珍惜、還是失去？

我只能和你說，這些全部都是，全部都是，所以到後來人們再也不談愛與不愛，只談合不合適。
可是我們可以不要迎合彼此理想的人，只要變成我們彼此適合的人。

就像我不會希望你和周杰倫一樣會唱歌、不會希望你和賈伯斯一樣會賺錢、也不會希望你去模仿宋仲基的髮型、打扮得跟木村拓哉一樣，我只希望你快樂、你幸福、你單純。

我希望世界所有刀光劍影都與你無關，你能有最單純的善良，和最無憂的愛人。
我希望世界對你好，如同我對你好。

3

世界每天會上演無數次擁有和失去，我也經歷了太多聚散離合，大家都說這樣會變得更成熟，即使會更難過、更離原本純粹的自己遠一些，但他們說長大的過程勢必是這樣的，我們會慢慢學著去和一個人平淡的戀愛、也慢慢學著不願爭也不想搶、慢慢地接納失去和遺憾在心裡逐漸擴大的分量，我們會懷念那些天真和骨氣，懷念那個不知天高地厚、一鼓作氣的自己，但是到後來，我們都只能成為和回憶拉扯的人。

在這時候的我，遇見一個人，我只在乎我能不能與他過完一生，他能不能讓我在這個動盪不安的歲月裡成為我引以為傲的安全感，他能不能在我被世界唾棄得一無是處時二話不說只為我遮風擋雨，能不能在人潮擁擠時也不會流離方向，能不能在我想念時都會默契地不期而遇。

他可以不要是我理想的愛情，但是是我理想的人。

我可以不要山盟海誓的諾言，我知道那個會被時間變成一文不值的負荷，我們只要心裡有彼此、手攜著彼此，也能度過長長的一生，你是我的朝朝暮暮，我是你的天涯海角。或許世界上有成千上萬種相愛的方式，對於這麼遼闊的世界來說，我們只是微不足道的其中之一，但對於我們來說，是千真萬確的相愛、獨一無二的幸運。

既然我們都為了失去而妥協，那我們能不能就一次，為了不想失去而不妥協，我想愛這個人，就只要這個人。
我想你會原諒我的任性，我也會原諒你的壞脾氣，愛本來就是這樣，雖然裡頭很多不公平，但更多的是相知和相惜。

你不該是我記憶裡輾轉的遺憾，而是我人間值得去愛的可能。
記得一生只有一次，我們相愛吧，你曾是我的歲月，也將成為我的餘生。

我們相愛吧
你曾是我的歲月
也將成為我的餘生

生命的不可抗拒

——「遇你要不要來我心裡走一遭，這裡和昨天一樣，有
你，但也沒有你。」

前面的路口向左轉，藍色屋頂的木屋旁邊有兩個三角錐，沿著那條秘境一直走、再一直走，經過一整片鋪滿寶石的沙灘，就會到達我們的秘密基地。
每當我閒來無事，天氣很好時，我就會來這裡散散步，帶著我許久未曬乾的壞心情，將它曝曬在這片湛藍的蒼穹下，讓陽光清掃乾淨上面的黴菌，那些跟隨我太久的、沒有被清理的，來這邊就能煥然一新。

今天不只一雙拖鞋，看來你比我早一步到了。
我總是知道你的老座位，十一點鐘方向，我只要往那邊走個五十來步，就能看見你，抱著小花貓的你，聆聽海浪的你，瞇著眼睛的你。

我安靜地坐在你的身旁，一語不發，你感受到身旁的氣息，開口說話。
「再也沒有比這裡更安靜的地方了。」

我微笑，像是認同你的話，讓你繼續說完它：「我每個禮拜都有二

點五個小時能享受這份安靜，然後我會回歸都市裡，說起來，這邊的寧靜和美好太不切實際，但我卻喜歡這份不切實際，我想與這片淨土一起老去。」

二十歲的你依稀這麼說過。

五十歲的我，獨自在這片海的彼端，懷念著說話的你。你的聲音怎麼那麼好聽，像是風中的詩句，像是候鳥遷徙的腳印。
我知道你沒有再來過，不是你忘記了，而是生命中總有些不可抗拒。

比如，我們不能任性地不長大，就是你的不可抗拒。
比如，我們不能等待一個不回來的人，就是我的不可抗拒。

谷底花

——「遇親愛的，我會努力地活下去，為了你，為了我自己。」

「妳可不可以活下來。」

那道聲音聽起來這麼軟弱無力，比起問句，它更像是一種卑微的請求。
坐在我面前的是我的愛人，他淚流滿面的模樣讓我不自覺成了電影裡頭那個人人喊打的反派角色。我的眼淚無聲劃過臉頰，伸手的擁抱只是溺水前的掙扎。

我感覺不到我。

更多時候，我比起自己更心疼他。
我心疼他必須陪著我淋一場從未停歇的大雨，還必須忍受我無法給予他任何性命擔保的承諾。他每天都要在害怕失去我的恐懼之中度過，狂風暴雨的時候他只記得遮擋我，他不在乎腳下那雙已經被潮溼泥土侵略的白鞋，他比時常親吻我的雨水還要寶貝我。
他可以不計疼痛，也從不顯露他的心力交瘁，他怎麼會傻到只剩這種自虐的溫柔能耐，怎麼能給出這麼漂亮的愛，讓我想討厭他的傻氣都不忍心。

太破碎的我不該擁有太完整的他，所以我總是處心積慮想要保護他，唯一的辦法就是將他推得遠遠的，只要不在我身旁他就能安全，也不管他有什麼主見，這是最好也最快的辦法了。我想讓他記得我很愛他，所以儘管背負著不被原諒和罪惡，我也必須忘記滾燙的擁抱和固執的拉扯，然而蔓延在我心裡的愧疚卻讓我更寂寞。我還不夠心意已決的告別，那是因為我始終無法捨得。

我才察覺我有多自私，憑藉著我愛你，所以讓你待在殘破不堪之中，原諒我無法給你棉被和枕頭，這裡只有冰冷的消毒水和止痛藥。如果你必須愛全部的我，你自然會原諒我的貧乏和一無所有。

你做到了，而且比我想像的更多，你連我的死亡都於心不忍地愛著，你寧願我疼痛的時候把所有箭靶都指向你，你也不願意見我血肉模糊的活。你要我和你一起呼吸，你說你要擔我一半的痛，我重重地咬了你的肌膚，你連任我宰割時都面帶笑容，只在乎什麼時候能擁抱帶刺的我，半邊衣袖都被我哭成河流。我好討厭我殘酷時你還對我溫柔，你要我怎麼當個不清醒的傻子，視而不見我帶給你的千瘡百孔。

我的憂鬱是不定時炸彈，每一次我都來不及叫你閃躲，眼睜睜看你成為我悲傷的陪葬品。
但是，你不知道，這個陰晴不定的我，其實有想認真好起來的時候，想連同你的愛一起用力生存下來的時候。只是每一次我都學不會教訓，忘了我根本不是被眾人景仰的向日葵，我只是凋零一地的落葉，夾帶著世俗的塵埃，一起變成光陰裡的泡沫。
我有多失望，日子一天一天地在過，我飼養的玫瑰卻一天一天地在落。

我想委婉地告訴你，我不是那麼好的女孩，我的殘破在你的眼裡美好，那是因為你沒有辦法分辨哪個是真的我。或許你可以選擇在暴雨更激烈前離開我，那你還有機會曬乾你的生活，也不用完整地記得我。

為了讓我活下來，我知道即便我威脅你以分手做交換，你都會點頭，你是這麼深愛我。每一次，我總能在你眼裡看見我的無所畏懼，那是因為你給了我前所未有的勇氣，讓我活下來繼續想念你的勇氣，只有這種時刻，我才能感覺自己是認真地在生活。

其實不是真的沒關係，我和你一樣，我沒有辦法豁達地把你交給命運，因為它不會比我更善待你。我放下那些生鏽的刀片和凌亂的安眠藥，焦急地索取你的吻，好確定你真實愛我，並且寸步不離地陪伴我。
或許我需要的不是死亡，而是每一次甦醒的感動，而這些感動都是你給我。

我想和你一起，看世界變成什麼荒蕪景象，或是看這場雨下完後會不會有你最愛的彩虹。我想和你一起堅定逃離這個深不見底的黑洞，我也想和你一起溫柔且任性地活。

回我們的家吧。我沒有辦法對你的心碎不以為然、也沒有辦法對你的傷悲視若無睹，那麼下一個接近死亡的就會是我最深愛的你，我捨不得你走進下一個深淵。
你知道我從來不畏懼死亡，但是你不知道，在你面前，失去你是比死亡更令我痛徹心扉的事情。

你在半夜折騰而無法熟睡的夜裡，我知道你害怕所剩不多的日子不夠用來愛我，我也害怕再不醒來就會聽不見你熟悉的早安聲，和你再溫柔不過的眼睛，寫的全是害怕失去我。

所以我答應你，我會努力地活下去。

後記——住在大海的日子

我想問親愛的你們一個問題，海對你而言，是什麼樣的存在呢？
對我來說，它可以快樂，同時也能是悲傷，它能風平浪靜，也能驚滔駭浪。
然而「喜歡」這件事也是，人生更是。

我難過的時候，我總是會想看海。甚至，有的時候看著看著，心情便好了起來。
不知道曾經你有沒有這種感受過，彷彿看著海，就像是看著我的生命一樣，時而溫柔、時而擺盪、時而深不可測、時而孤苦無依，但也不是沒有過燦爛和偉大，有時候總是覺得，看著海，就像是在遠方看著自己的人生，看著喜歡一個人時的心情，起起伏伏。
你開心的時候，看著開心；你難過時，看著難過。

凌晨一點，我打著燈，看著窗外的夜色，已經不再燈火通明。每一次寫完一個段落，便覺得好虛脫，像是把真實的自己一點一點、小心翼翼的掏乾淨，最後只剩下赤裸的軀殼。然後我把一個一個視窗關閉，看見的是桌布上的一整片海洋，就能感受片刻的寧靜，我倒在身後軟綿綿的床舖上，任由它接住自己渾身的重量。我也曾經想過自己是一條魚，生活在汪洋裡，那麼我就看不見世界的真偽。

其實很難過的，我總是在重複著「告別」。
曾幾何時，我們都成為必須用告別來填滿生活的人呢？
因為我貧乏，因為我一無所有，所以我總是很用力地去擁抱每一場擁有，每一次的愛都只能是一百分，那樣我才能確認自己很認真地愛過，我才不會對分別有所虧欠，可是怎麼用盡全力，懷裡能緊抱的還是空無一物，然後悲傷在我心裡扎根生長，蔓延了我的宇宙。

我必須承認，我還是不夠堅強，我很軟弱，所以最後無法戰勝那些滔天巨浪。
好幾次，我都覺得這是一種死裡逃生，我不斷跌倒，然後沒有盡頭的奔跑，我用力的哭，然後把我的五臟六腑都貢獻給愛，連我的靈魂最後也不認我做主人。

曾經怨恨過這個世界，在夜裡抱著自己的冰冷身軀痛哭流涕過，也曾經崩塌成一攤零散的沙，把再見當成掛在嘴邊的口頭禪，你淋過太多場大雨，也經歷了太多不被愛和理解，你不相信傳說，也不相信永恆，不相信緣分，畢竟命運是這麼殘忍和無情，所以你步履蹣跚的咬著牙、忍著淚，才好不容易走到這裡。
其實你早就很清醒，也早就認清，在人來人往裡，你也還在尋找真實的自己。
你曾經灰心過、失望過、無助過，在吵雜的世界裡，我們都還在努力的不去聽看那些傷人的耳語，還在練習喜歡自己。
我們還沒一起看見故事的結局，還不知道這是一齣喜劇還是悲劇，但我們可以相信吧，相信海是黑夜，卻也是光明。

壞的日子、好的日子，你都曾經見過了呀，那麼刻骨銘心、那麼悲喜交加。
所以餘生，餘生也能感動萬分。

我們原本就不該是貼近的宇宙，但是我們相遇、碰撞，交擦出生命不朽的火花，然後我們在綻放之中重新找到了彼此的意義。我們曾經是孤單和冰冷的夢想，但有朝一日要變成眾人仰望的彩虹。
所以所有愛與痛再也不是一個人的事情，是與世界相關，與生命，與你我。

而從今以後，找一個人，做你不變的恆星，做你可歸的家。
世間本來沒有海洋，負著愛痛的眼淚落在心上的窟窿，於是匯集成了以你為名的大海。

這是多浪漫的事情。
儘管過去日子不美好，時光不美好，我也始終無法熱愛這個世界——但我知道，相愛之後，有你的餘生將要美好。

所有鬆手的錯過
都是為了這次與你一執一手到白頭
我們活下去．我們愛下去

國家圖書館出版品預行編目資料

喜歡你的日子像海 / 蘇乙笙作 . -- 初版 . -- 臺北市 : 皇冠, 2019.08
面 ; 公分 . -- (皇冠叢書 ; 第 4781 種)(有時 ; 8)
ISBN 978-957-33-3469-9(平裝)

863.55 108012095

皇冠叢書第 4781 種
有時 8

喜歡你的日子像海

作　者—蘇乙笙
發 行 人—平　雲
出版發行—皇冠文化出版有限公司
臺北市敦化北路 120 巷 50 號
電話◎ 02-27168888
郵撥帳號◎ 15261516 號
皇冠出版社 (香港) 有限公司
香港銅鑼灣道 180 號百樂商業中心
19 字樓 1903 室
電話◎ 2529-1778　傳真◎ 2527-0904
總 編 輯—許婷婷
美術設計—嚴昱琳
著作完成日期— 2019 年 4 月
初版一刷日期— 2019 年 8 月
初版八刷日期— 2023 年 9 月
法律顧問—王惠光律師

讀者服務傳真專線◎ 02-27150507
電腦編號◎ 569008
ISBN ◎ 978-957-33-3469-9
Printed in Taiwan
本書定價◎新台幣 320 元 / 港幣 107 元